ALLEZ!
アレー!
行け、ニッポンの女たち

こかじ さら

講談社

アレー！ALLEZ！
行け、ニッポンの女たち

目次

カバー写真………山田和幸
ブックデザイン………日下潤一＋赤波江春奈

第1章

「がんばれ！」は人のためならず

「ポチッ！」

勢いでクリックしてしまった。

毎年九月にフランスのボルドー郊外で開催される「メドック・フルマラソン」。私は、そのエントリーボタンをクリックしてしまったのだった。

マラソン経験ゼロ。いや、それどころの話ではない。ここ十数年運動らしい運動をした記憶がまったくない。そんな私がである。

きっかけは、身も心も凍りつくような寒い冬の日に友人の高橋夏子《たかはしなつこ》さんから届いた一通のメールだった。

《本文》　小野寺《おのでら》かすみさん

こんにちは。明後日の日曜日、東京マラソンに川内《かわうち》さんが出場するので、一緒に応援に行きませんか？

＊

『負け犬の遠吠え』――。

酒井順子氏による、このベストセラーが出版されたのは二〇〇三年十月のことだった。

どんなに美人で仕事ができても「三十代以上・未婚・子ナシ」は女の負け犬と格付けされてから早いもので十年あまりが経った。

ただ、当時も今も、どんなに美人で仕事ができても……という枕詞に該当する人が世の中にどれほどいるのだろうか。キョロキョロと周りを見回してみても、そんな人は、とんと見当たらない。

それなりに長くやってきた会社員人生。世間から「美人で仕事ができる」と評されている人に出会ったことはある。上司や役員から「お墨付き」を得ている人もいた。実際に、出世を果たした人もいる。でも、大概は仕事ができるかのようなパフォーマンスに長けているだけ。お世辞にも、真に仕事ができると言えたものではなかった。

そもそも、人の評価は好き嫌い。

世間のお墨付きは決定権や力を持った人にとって都合がいいかどうかですべてが決まる。思惑に満ち満ちた組織でまっとうな評価など期待できないことは、社会人経験者なら誰だって百も承知だ。

そして、私自身、「三十代以上・未婚・子ナシ」にはドンピシャで当てはまりながら、どんなに美人で仕事ができても……にはまったく当てはまらないことは十分承知している。しかも、力を持った人にとって都合がいいように生きることができない不器用な性格であることも自覚している。

だから、評価されることにも、出世することにも、縁遠い人生だろうと割り切って生きてきた。

ただ、仕事は面白かった。

地道にコツコツと働くことも嫌ではなかった。

だから、必死に働いた。

だというのに、経営トップに疎《うと》んじられ、四半世紀勤務した会社から紙屑《かみくず》のごとく放り出されてしまうのだから、人生は何が起こるかわからない。そして、そのときに負った心の傷がいつまでもキリキリと痛み、その痛みに悩まされているのだから、人間とは何とも厄介なものである。

五十路《いそじ》に突入した一ヵ月後に失業者となり、ハローワークに通いながら再就職先を探す日々。年金が支給される日まで喰いつなぐことができるのかどうかと、不安な気持ちを抱えながら、改めて、なぜ人は一所懸命働き、必死に仕事をするのだろうと考えてみた。

すると、働くことイコール喰っていくこと。仕事は生業《なりわい》だと改めて気付かされた。人は喰えなければ生きてはいけない。人は喰うために必死に働く。それ以上でも以下でもないとわかった。

それなのに――。

「女性が輝く社会……」

世の中には、こんなきれいごとを掲げる人がいるのだから困ったものだ。輝きたくて仕事をしている人など、一体どこにいるのだろう……。

まあ、世間のお題目の多くは、世間知らずの人によって都合よく作られるものだということぐらい、大概の大人ならわかっているとは思うけど。

そんなわけで、「三十代以上・未婚・子ナシ」に「職ナシ」が加わったアラフィフの私は、まさに崖っぷち。土俵際で踏ん張れるかどうかの瀬戸際にいた。

そんな負け犬界の殿堂入りを果たした私が、勢いで「メドック・フルマラソン」のエントリーボタンを「ポチッ！」とクリックするという暴挙に出てしまったのだった。

一体、何が起こったというのだ。

すべては、高橋さんからメールを受け取ったことからはじまった。

もし、高橋さんに誘われなければ、私は一生マラソンには縁がなかっただろう。

もし、その日、高橋さんの大声が沿道で轟《とどろ》かなければ、42・195キロ先に引かれた一本のラインを越えるためだけに走り続けるなんてことにはならなかっただろう。

でも、その日、何と私は高橋さんと一緒に、大勢の人がいることを物ともせず、大声で叫んでしまうのだ。彼女の勢いに巻き込まれて。

高橋さんとの出会いは五年前の陶芸教室。

高橋さんは友人の川内響子《きょうこ》さんと一緒にその教室に参加していた。

教室に通いはじめた初日から、私は、柔らかい土をこねるときの感触に魅せられた。轆轤《ろくろ》を回すときに感じる指先のヒンヤリとした冷たさが、深夜残業続きでささくれ立っていた私の身体《からだ》に沁《し》み、心の中が平和という文字で満たされていくようだった。

そんなとき、轆轤の前に座る一人の女に目が釘付けになった。その表情は、まるで命懸けの真剣勝負に挑む剣豪のよう。宮本武蔵か、はたまた佐々木小次郎か。轆轤の上でまわる土を目で射殺《いころ》さんばかりの表情なのだ。さらには、土の成分や焼き上げるときの窯の温度について質問するときの声が、陶芸家の先生がのけぞるほどデカいのだ。

(ここは巌流島《がんりゅうじま》か!)

心の中で何度も突っ込んだその女が高橋さんで、高橋さんの隣で淡々と轆轤を回していたのが川内響子さんだった。高橋さんがデカい声で話しかけても我関せず。川内さんは、小さな声で中島みゆきの『時代』を口ずさみながらマイペースを貫き通していた。

そんな二人は陶芸教室の中でも群を抜いて目立っていた。そして、私は二人から距離を置いた。鬱陶《うっとう》しいと思ったからだった。

ただ、はじめての作品ができ上がったとき、私はとても驚いた。

高橋さんが作った一輪挿しは、はじめてとは思えないほどの繊細なフォルムで、その尖《とが》った色使いには彼女独特のセンスとこだわりが感じられた。対する川内さんの中皿は、多少の歪《ゆが》みも色むらも気にならないほど大らかで包容力がある作品に仕上がっていた。

他方、私が作ったコーヒーカップはというと、想像以上に不格好で野暮《やぼ》ったかった。

（あーあ、もう少しセンスいい仕上がりになるつもりだったのになあ……）

作品を眺めながらへこんでいると、

「私、この作品が一番好き」

突然、後ろからデカい声がした。驚いて振り返ると、そこに高橋さんが立っていた。

「このコーヒーカップ、小野寺さんの作品ですよね」

高橋さんが確認するように訊いてきた。

「はい。でも、思った以上に不格好なんで、ちょっとへこんでたんです」

「どうしてですか？　すごく素敵ですよ。味わい深くて」

お世辞ではないことが高橋さんの言葉から伝わってきた。

「ありがとうございます。でも……、野暮ったくありません？」

「全然。あたたかいのに柔《やわ》じゃない。芯の強さが感じられて、私はとっても好きです」

高橋さんはデカい声で言い切った。

私は、自分自身が肯定されたような気がした。そして、作品の不格好さまでもが急に愛《いと》おしく感じられた。

こんな出会いから五年。私たちはときどき三人で食事し、お酒を存分に飲み、あれこれと話をする仲になっていった。

そして、東京マラソンの二日前、その高橋さんからメールが届いたのだった。

「東京マラソン……?　応援……?」

マラソンにもマラソンランナーにもまったく興味なし。オリンピックや世界陸上のマラソンも、箱根駅伝も、結果だけわかればそれで十分。二時間も、三時間も、ただ走り続けるだけのランナーを延々とテレビで観続ける人たちの気持ちなど、さっぱりわからなかった。ましてや、実際に、沿道でランナーを応援するなんてことは、考えたことすらなかった。

天気予報によると、東京マラソン当日の天候は曇り時々小雨。ところによっては霙《みぞれ》が混じる可能性もあるというではないか。

スタジアムでビールでも飲みながら観戦できるならいざ知らず、真冬の寒空の下、沿道で震えながら応援するなんて物好きにも程がある。あっという間に通り過ぎるランナーを応援するために、わざわざ出掛けて行くなんてまっぴら御免。

だから、高橋さんからの誘いも当然断るつもりだった。

そして、実際に、断りのメールを返信した。

定年まで働く予定だった会社を辞め、失業中の身。先が見えない真っ暗闇な状況の中、のたうち回っていた私にとって、東京マラソンは浮世離れした戯事《ざれごと》以外の何ものでもない。人を応援する心の余裕なんてものは、これっぽっちも持ち合わせていなかった。

かと言って、「マラソンにも応援にも興味ないので」と返事をする潔さもない。

《本文》　高橋夏子さん
　せっかくのお誘いなのにごめんなさい。すでに日曜日は予定があって無理そうです。

私は、こんなテキトーな嘘でお茶を濁すほど情けない女に成り下がっていた。将来への不安が心身から健《すこ》やかさを奪いはじめていた。

そして、「何を好き好んで、酔狂で走る人の応援をしなくちゃいけないのよ」と、反発ともいじけとも言える感情が湧いてくる自分に嫌気がさし、早々に布団にもぐり込んだ。にもかかわらず、あれこれと湧いてくる感情に頭が冴《さ》えて一睡もできなかったのだから、負け犬もここまで来ると、もはや救いようがない。


あれは、残暑を引きずりながらも夏が終わろうとしていた頃のことだった。

川内さんが、ビール片手に「東京マラソンに当選した」と興奮していた。

でも、私にはなぜ彼女が興奮しているのかがわからなかった。

「東京マラソンに当選するって、そんなにすごいことなの？」

私は川内さんに確認した。

「十倍よ、十倍。競争率十倍なのに当選するってすごいと思わない？」

川内さんは、やたらと十倍という倍率を強調した。

「確かに十倍はすごいと思うけど、そもそも、何でそんな競争率になるの？」

私は、すぐに状況を理解することができなかった。

「東京マラソンの定員三万五千人に対して、応募者は三十五万人を超えているわけだから、実際に走れる人は走りたい人の十分の一ってことでしょ」

そこまでは、何となく理解できた。

そして、「だから何なの……」という言葉は飲み込んだ。

「走りたくても走れない人が三十万人以上いるのよ。もしかしたら、宝くじより当たる確率は低いんじゃないかな？」

「三十五万人……。マラソンに参加したい人って、そんなにいるものなの？」

まず、そう安くない参加費を支払ってまで、42・195キロを走りたいという酔狂な人が三十五万人もいること自体、私には信じられなかった。川内さんには申し訳ないけど、まったく興味が湧かない遠い世界の話だった。

そんなわけで、高橋さんから、「東京マラソンに川内さんが出場するので、一緒に応援に行きませんか？」とメールが届いてはじめて知った。明後日が「東京マラソン」当日だということを。

人は、自分にとって必要かつ重要な情報だけを受け取り、関心のない情報を記憶に留めることはしない。だから、高橋さんに「断りのメール」を送ったと同時に、マラソンに関する情報は私の中でアップデートされることなく、遠い彼方《かなた》へ消え去っていくはずだった。

それなのに――、人生とは本人の希望や予定とは無関係な方向に転がりはじめる。

よもや、自分が42・195キロを走ることになろうとは、その時点では夢にも思っていなかった。


高橋さんからのメールが届いた翌日にして東京マラソンの前日、地下鉄構内に貼ってあったポスターに目が留まった。

「東京がひとつになる日。」

乗換駅への通路にも、ホームにも、至る所にポスターが貼られていた。そして、地下鉄の改札口脇のラックに立てかけてあった「東京マラソンコースマップ」を無意識に手に取っていた。

（もしかして……、東京都の陰謀？）

数枚のポスターを目にするうちに、私は洗脳されていた。

帰宅した私は、すぐにランナーが走るコースを確認するという行動に出た。

新宿副都心の東京都庁をスタートしたランナーは、靖国通りを東へ進み、四ツ谷から外堀通りへ。西神田、竹橋を通って皇居を半周し、日比谷公園、芝の増上寺を右手に見て品川へ。品川で折り返して日比谷交差点に戻ると、そこがほぼ中間の21キロ地点。晴海通りを銀座四丁目交差点で左折、銀座通りを日本橋経由で浅草へ向かう。

コースマップを眺めていると、三万五千人のランナーが東京都心を駆け抜ける風景が目に浮かんだ。そして、その風景が私の気持ちに変化を起こす。
銀座通りもコースの一部になっているなら、銀ブラついでに応援すればいいか、なんて軽い気持ちで高橋さんにメールを送ってしまったのだった。

《本文》　高橋夏子さん
　こんにちは。日曜日の予定が次週にズレたので、明日は応援に行けそうです。

すると、速攻でメールが届いた。

《本文》　川内さんの予想タイムから応援場所を割り出したので、添付します。

添付されていたエクセルシートを開いたと同時にのけぞった。
(何これ?)
スタート地点の都庁から東京ビッグサイトのゴールまで、川内さんが過去に出場した大会の記録から割り出された1キロごとのラップをもとに、各ポイントの通過予想時刻が緻密《ちみつ》に計算され、数ヵ所の応援場所が示されていた。
(えっ、どういうこと?)

すぐには、そのエクセルで作られた応援計画の意味するところを理解することができなかった。

そして、しばらくすると、私は高橋さんを甘く見ていたことに気がついた。お昼頃、銀座で待ち合わせをし、川内さんが通過したらお茶でも飲んで帰ってこようと思っていた私の物見遊山《ものみゆさん》の見学気分は、彼女の応援計画によって木端微塵《こっぱみじん》に粉砕された。

とにかく、関数計算を駆使したその応援計画のすごいの何の。アプリとして売り出してもいいほどの完成度だった。

川内さんのラップから割り出した効率的な応援ポイント、移動方法と所要時間、応援ポイントに最も近い地下鉄の出入り口から何両目の車両に乗ると乗り換えがスムーズかに至るまで、すべて調べ尽くされていた。

それだけではない。地下鉄構内のトイレの位置まで正確に記されている徹底ぶり。私は、高橋さんの本気さに言葉を失った。応援に対する意気込みは半端ではなかった。

その応援計画を説明すると、ざっとこんな感じ。

スタートラインの都庁前から3・5キロ地点の靖国通り沿い、曙橋《あけぼのばし》に午前九時十五分に集合する。川内さんの通過予想時刻は九時三十三分らしい。その後、都営地下鉄新宿線で曙橋から神保町《じんぼうちょう》へ。神保町で都営地下鉄三田《みた》線に乗り換え、JR田町駅近くの三田へ向かう。神保町での三田線乗り換えは六両目がベスト。三田で降りたら出口A7で地上に出る。

三田では、第一京浜を品川に向かって走る往路13キロ地点と、品川から折り返してくる復路

17キロ地点で二度の応援をする。道路を横切ることができないため、往路から復路への移動はJR田町駅前の歩道橋を使う。

そして、次は三田から都営地下鉄浅草線で蔵前へ移動する。

蔵前では、A4出口で地上へ出て、浅草に向かって走る往路27キロ地点と浅草からの復路29キロ地点で、またもや二度の応援をする。蔵前での往路から復路への移動は、蔵前駅のA4出口から地下にもぐり、地下鉄の通路を利用して、A2出口から再び通りに出る。

蔵前で川内さんを応援したら、すぐに都営地下鉄大江戸線で蔵前から月島へ移動する。月島で東京メトロ有楽町線に乗り換えて豊洲に向かい、豊洲駅近くの38・5キロ地点で最後の応援。これで、合計六ヵ所の応援が可能になる。

豊洲で川内さんの通過を見届けたら、ゆりかもめでビッグサイトに移動。フィニッシュした川内さんと合流し、再度ゆりかもめに乗って豊洲に戻り、有楽町線で月島へ移動する。月島の銭湯で汗を流してから、もんじゃ屋さんで打ち上げ。

すでに、高橋さんは銭湯近くにある、もんじゃ屋さんの予約を済ませていた。

(たかが応援でここまでやる?)

世界中のどこに、友人のマラソン応援のために数時間もかけて、こんな応援計画を作る人がいるだろうか。少なくとも、私は彼女以外に見たことも会ったこともない。

エクセルシートをプリンターで出力し眺めていると、無機質な数字が意志を持っているように感じられた。ラップを刻んで走るランナーのフィニッシュラインへの想いが等間隔に引かれた罫線《けいせん》の間をビッシリと埋めつくしているようにも思えた。

（川内さんは、なぜ走るのだろう？）

そのとき、私は生まれてはじめて、走る人に思いを馳せた。

（高橋さん自身はランナーでもないのに、なぜ、たかが応援でここまでするのだろう？）

そのとき、私は人生ではじめて、応援する人の気持ちを考えた。

そして、四半世紀ぶりにテルテル坊主を作った。

「明日天気にしておくれ」

明日の天気が良くなることを、願わずにはいられなかった。


東京マラソン当日。

午前七時にセットしておいた目覚まし時計が鳴る前に、携帯の着信音で目を覚ました。


《本文》　小野寺さん、おはようございます。

　『東京メトロ・都営地下鉄共通一日乗車券』を購入してください。

　乗るたびに、スイカやパスモで引き落とされるよりずっと割安です。


移動に要する交通費を計算し、より安い乗車券を見つけ出す念の入れよう。

もし、「東京マラソン公式応援団長」コンテストがあったら、高橋さんは間違いなくグランプリを獲るだろう。

《本文》　高橋さん、おはようございます。了解しました。

返信するとすぐ、再びメールが来た。

《本文》　追伸。走りやすい靴と服装で来てください。では、のちほど。

（走りやすい靴……？）って言われてもねえ。
ここ十数年、運動らしい運動をした記憶がない。ランニングシューズはおろかスニーカーもウォーキングシューズも持っていない。しばし、下駄箱の中を物色。そして、下駄箱の隅に追いやられていた一番かかとの低いショートブーツを取り出した。
ベランダから空を見上げると、どんよりとした灰色の雲が重たそうに垂れ込めている。軒下では、昨夜吊るしたテルテル坊主が寒さに震えながら揺れていた。
東京地方の天気予報は昨夜から変わっていない。曇り時々小雨。北風が強く吹くため、体感気温は予想気温より低く感じられるとのことだった。
負け犬の身にアスファルトの底冷えは応える。ジーンズの下には厚手のタイツ。タートルネックのセーターに羽毛のジャケット。さらに、マフラーにニット帽に手袋という完璧な防寒スタイルでいざ出陣。歩きやすいようにと、ショルダーバッグは斜め掛けにした。

待ち合わせ場所の曙橋に到着すると、幟《のぼり》を持った高橋さんがすでに好位置を確保して待っていた。幟には、「川内、がんばれ！」と真っ赤な字で大きく書いてある。

「もしかして……、その幟、高橋さんが作ったの？」

「そう。その、もしかして。夜中までかかっちゃったけどね」

「夜中まで？」

「物好きだって思ってるでしょ」

「そんなことない。川内さんも、きっと嬉しいと思うよ」

「だといいけどね」

空を見上げると、相変わらずどんよりとした雲が重たそうに垂れ込めている。陽射しはまったく期待できそうもない。数分で手と足の指先がかじかんできた。

「やっぱり沿道は冷えるね。まだ時間があるから熱いコーヒーでも買ってこようか？」

かじかむ指先を擦《こす》りながら、私は高橋さんに訊いた。

「飲むんだったら、小野寺さん、自分の分だけ買ってきて。私は、バナナとスポーツドリンク持ってきたから」

（バナナとスポーツドリンク……？　お前はランナーか！）

思わず突っ込みたくなった。

確かに、高橋さんが背負っている小さなデイパックの側面にあるポケットには、スポーツドリンクのペットボトルがしっかりおさまっていた。足元はランニングシューズ。さすが巌流島。何事にも真剣そのもの。私とは心構えが違う。すぐ近くのカフェで熱いカフェラテを買って戻ってくると、私は彼女の隣で指先を温めながらランナーを待った。


午前九時十分過ぎ。

歩道から新宿方向に向かって身を乗り出している人たちのざわめきが、浜辺に打ち寄せるさざ波のように徐々に近づいてくる。

と、数秒後のことだった。

トップランナーがすごい勢いで目の前を走り抜けていった。

沿道の拍手と歓声が追い風となり、ランナーの背中を押す。はじめてトップランナーが走る姿を見た。美しかった。ただ、走っている人を見ているだけなのに、身体が震え、鼻の奥の方がツーンとした。

「川内、がんばれ！」

突然、高橋さんが叫んだ。

耳を劈《つんざ》くような大声だった。

新宿方向を見ると、靖国通りを埋め尽くすランナーたちの中に川内さんがいた。

高橋さんの大声に気付いた川内さんが近づいてくる。

「川内、がんばれ！」と叫び続ける高橋さんの大声が周りの人たちに伝播する。

「がんばれ！」

隣にいた男性が高橋さんに負けないほどの大声で叫んだ。

「パパ、がんばれ！　パパ、がんばれ！」

傍にいた子どもたちの声援も大きくなっていく。

「ナイスラン！」

「いってらっしゃい」

「がんばれ！」

沿道の人たちが次々に大声で叫びはじめた。

42・195キロは、まだはじまったばかりだというのに、高橋さんはすでに全力で応援していた。私は……、拍手をするのが精一杯。声を発することができなかった。

「川内、がんばれ！」

走り去っていく川内さんの背中に向かって大声で叫ぶ高橋さんは、一切手を抜く気配がない。まるで、その声はジェット機が離陸するときの爆音のように私を圧倒した。

そして、その声が川内さんの背中を押すのがわかった。

「みんな、がんばれ！　みんな、いってらっしゃい」

大声で叫ぶ彼女に手を振って応えるランナーたち。切れ目なく続く三万五千人のランナーたちは、42・195キロもの距離を走るというのにとても楽しそうだった。

昨日、地下鉄の構内で見たポスター。

「東京がひとつになる日。」

なるほどと思った。

「小野寺さん、そろそろ三田に向かうけど……、いい？」

「もちろん。神保町で三田線に乗り換えよね」

「そう。トイレに行くならここで済ませておいて」

どんよりとした雲の切れ間から、薄日が射しはじめていた。ランナーたちの熱気が空気を押し上げているのか、空がさっきより高く感じられた。

幟を手に都営地下鉄新宿線の曙橋の階段を降りていく高橋さんの足取りは軽快そのもの。彼女はいつでもどんなときもみんなの中心で笑っている。声がデカいから、どこにいてもすぐわかる。夏子の名前が表す通り、夏の太陽のようなギラギラしたパワーを常に放っている。

(高橋さんのパワーはどこから湧き上がってくるのだろう？)

ずっと聞いてみたかった。

でも、そんな野暮なことは聞くものじゃないことぐらい、この年齢になればわかっている。誰だって、人に言えない悩みや痛みのひとつやふたつ抱えている。それでも、笑って生きていく。それが大人というものなんだろう。なんて、相田みつを的なことを思ったりしながら、私は高橋さんの後を追った。

応援計画によると、神保町での乗り換えには六両目がベスト。改札口を抜けると、ホーム中ごろの六両目の停車位置を目指す。タイミングよくホームに滑り込んできた地下鉄に飛び乗ると、車内はコースマップやメガホン、幟を持った応援団たちでごった返していた。

沿道でマラソンランナーを応援する人がこんなにいることも、お目当てのランナーを追いかけて地下鉄で移動する人がこんなにいることも、その日まで私はまったく知らなかった。

東京マラソン恐るべし。42・195キロ恐るべし。でも、そのときはまだ、なぜマラソンがこんなにも人を熱くするのかは、わからずにいた。


三田駅で地下鉄を降りて地上に出ると、すでにJR田町駅前の第一京浜の沿道は、往路復路とも一寸の隙間《すきま》もない。銀座や浅草などの商業・観光地区ならいざ知らず、週末は人通りの少ないオフィス街が応援の人たちで埋めつくされている。しかも、歩道は幾重《いくえ》もの人垣が連なっていて、人垣の後ろからでは、どんなに背伸びをしてもランナーの姿を見ることはできない。早く応援場所を確保しないと、川内さんが通過してしまう。

（どうする？）

聞こうと思ったまさにそのとき、「少し芝公園の方に戻ると交差点があるはずだから、そこまで歩こう」と、高橋さんがキッパリと言った。手には、ラップが計算されたエクセルシートのほかに、交差点から交差点までの徒歩移動にかかる所要時間を鉛筆で書き込んだ道路マップのコピーが握られている。

あらかじめ決めてある場所で確実に川内さんを応援しようとする彼女の並々ならぬ思いが、

徐々に私を巻き込んでいく。

　高橋さんの判断に従って移動した交差点は、ほどよい広さとほどよいカーブで、走ってくるランナーを見つけるには絶好の条件が揃《そろ》っていた。しかし、好位置はすでに応援する人たちで超満員状態。早く定位置を確保しないと、川内さんの通過時刻は刻一刻と迫っている。

「あっ、あのグループ移動しそう」

　高橋さんが指さす先を見ると、お目当てのランナーが通過した直後だと思われるグループが、まさに移動をはじめたところだった。

　何という集中力と注意力！

　ポッカリ空いたスペースに入り込むと、無事に好位置をキープ。川内さんを待つ間も、高橋さんはずっと大声を出し続けている。

「スーパーマン、がんばれ！」

「くまモン、ナイスラン！」

　見知らぬランナーへの応援だからと一切手抜きをしない。

　私たちの隣に陣取った小学生の姉弟は、しきりにランナーたちが走って来る方向を気にしている。

「パパ、まだかな？　そろそろ来るはずなんだけど」

「もう行っちゃったんじゃないの？」

「そんなことないって。だって、ここに三十分もいるんだよ」

「ねえ、パパの名前何て言うの？」

高橋さんが姉弟に訊ねた。

姉の方が、「山口健介ですけど……」と答えたと同時に、

「山口健介、がんばれ！　子どもたちがここで待ってますよ」と、いままで以上の大声で叫んだ。弟が呆気《あっけ》にとられている。

「山口さんちのパパ、早く来い！　山口健介、がんばれ！」

高橋さんの大声につられて、姉が大声で叫ぶ。

「パパ、早く来い、パパ、がんばれ！」

弟も続く。

「パパ、がんばれ！」

数分後、弟が叫んだ。

「来た！　ほら、あそこ。パパだよ」

弟が指さす先にはひまわりのような鮮やかな黄色いユニフォームの男性。姉弟に手を振りながら近づいてくる。

「パパ、がんばれ！」

「パパ、がんばれ！」

山口姉弟の笑顔が弾ける。

「山口さんちのパパ、がんばれ！」

姉弟の前を元気に走り抜けていく山口さん。父親の背中に向かって、「パパ、がんばれ！」と声援を贈る姉弟。この日の父親の背中を、彼らはきっと忘れることはないだろう。

「パパ、恰好《かっこう》良かったね」

「うん」

「うん」

姉弟の声が重なった。

三万五千人のランナーそれぞれに走る理由や目標があり、応援する人それぞれに思いがある。なんて、また相田みつを的なことを思いながら、私は高橋さんの隣で走り去っていくランナーたちの背中を見つめていた。

そこへ、「わたしたち、本日結婚しました」というタスキをかけたウエディングドレスとタキシード姿の二人が走ってきた。

「結婚おめでとう！」

「結婚おめでとう！」

高橋さんと私の声が重なった。

気がつくと、私は高橋さんに負けないほどの大声で新婚の二人に向かって叫んでいた。そして、その声の大きさに誰よりも私自身が驚いた。

「新婚さん、がんばって！　ナイスラン」

こんな大きな声を出したのは、いつ以来だろう。新婚さんへの声援が自分の耳に届く。まるで自分自身が励まされているように声援が胸に響くと、さっきまでの気恥ずかしさや躊躇《ためら》いが消えていた。

「ありがとうございます」

沿道の祝福に律義に応えながら走り続ける新郎新婦。袖《そで》振り合うも多生《たしょう》の縁。この新婚カップルも、この日のことをきっと忘れることはないだろう。

そして、大都会東京の日曜日、都心から自動車を締めだしてマラソン大会実施に踏み切った石原慎太郎を、素直に「すごい！」と思った。

「来たー！」

高橋さんの声が、さらにデカくなった。

「川内、がんばれ！」

「川内、がんばれ！」

彼女と私の叫び声が再び重なる。

ほぼ予想通りの時刻に川内さんは13キロ地点を通過した。私たち二人のデカすぎる声に笑いながら。

川内さんを見送った私たちは、品川で折り返して戻ってくる川内さんを二十五分後に復路で迎えるために、すぐに道路の反対側に移動しなければならなかった。応援計画通り、一度、田町の駅前に戻り、そこにある歩道橋を渡って。田町駅前で応援する人の数は増えることはあれ減ることはない。往路同様、少し芝公園方面に進み、植え込み脇のスペースを見つけ、そこに陣取った。

「ちょっと、これを持っててくれる？」

高橋さんは幟を私に渡すと、手袋をはずし、デイパックからエアーサロンパスを二本取り出した。

「17キロすぎたこのあたりはスタート直後の興奮も落ち着くころだから、脚も気持ちも重くなるんだよね。そんなときはエアサロが一番。脚が軽くなると、気持ちも軽くなるからね」

道路に身を乗り出して、「エアサロあります！　エアサロあります！」と叫ぶ高橋さんが差し出すエアーサロンパスをランナーが次々に受け取り、太腿《ふともも》や膝、ふくらはぎに吹きかける。

「すみません。腰から背中に吹きかけてもらってもいいですか。背中がパンパンで」

「もちろん」

ウェアをたくし上げたランナーの背中に高橋さんがエアサロを吹きかける。

「ありがとうございます」

エアサロの威力はすごい。筋肉だけではなく、疲れはじめていたランナーたちの気持ちまで復活させる。42・195キロの地点に引かれたフィニッシュラインを越えるためだけに走り続けるランナーを、高橋さんはエアサロを通して勇気づける。

「完走してほしい」

ただ、それだけを願って。

なぜ、高橋さんはこんなにも一所懸命、見ず知らずの人を応援するのだろう。

なぜ、彼女は全力で応援するのだろう。

そんなことを思いながら、私も彼女の隣で大声で叫び続けた。「みんな、がんばれ！　みんな、がんばれ！」と。

そこへ、黄色いユニフォームの山口健介さんがやってきた。

「山口健介、がんばれ！」

フルネームで応援され、戸惑いながら通過する山口さん。と、いうことは、五分後には川内さんがやってくる。品川から折り返してきた川内さんを視線が捉《とら》えると、私は大きな声を張り上げた。

「川内、がんばれ！　ナイスラン！」

同じアホなら叫ばにゃ損損。そんな気分になっていた。

次は、都営地下鉄浅草線で「いざ、蔵前へ」。三田駅入り口に向かっていると、山口姉弟とすれ違った。

「こっち側でもパパの応援できた？」

「うん、バッチリ」

「よかったね」

一緒にいたおばあちゃんに、山口姉が「あの人たち、さっきパパのこと一緒に応援してくれたんだよ」と説明している。

「じゃあね。バイバイ」

「バイバイ。おばさんたちも応援がんばって」

山口弟に励まされた。（って、おばさん？）（はい、その通りですけど）

27キロ地点の蔵前に移動するために浅草線の改札口に向かって階段を降りていると、「ギリギリかもしれないけど、一か八か23キロ地点の日本橋で降りてみない？」と、高橋さんが応援箇所追加の提案をした。

確かに、川内さんのペースだと6キロ先の日本橋まで三十六分かかる。地下鉄で蔵前に向かう途中、五駅目の日本橋で降りれば、そこでも応援は可能だった。

「了解。日本橋で降りてみよう。きっと間に合うと思う」

そして、（こうなったら、限界に挑戦するぞ！）（……って、何の限界なんだ）なんて一人心の中で突っ込みながら、彼女の背中を追って階段を駆け下りた。


決めたからには、一分、一秒でも早く日本橋に向かわなければならない。タイミングよくホームに滑り込んできた浅草線に飛び乗り日本橋へ。日本橋で地下鉄を降りると、Ｄ２出口を駆け上った。そして、幾重にも重なる沿道の人垣を縫《ぬ》って、川内さん通過予想時刻の十分前に絶好の応援場所を確保した。

そして、川内さんの姿を捉えたと同時に、私たちは最大級の大声で叫んだ。

「川内、がんばれ！」と。

突然、自分の名前を叫ばれた川内さんは、「えっ、私のこと？」というようにキョロキョロ周りを見回した。そして、私たちの姿を見つけると、かなり驚いた顔をした。事前に、川内さんにも応援する場所を知らせていたので、予定外の日本橋に私たちが出没するとは夢にも思っていなかったのだろう。

「やったー！　狙い通り」

高橋さんは、まるでいたずらが成功した子どものようによろこんだ。

私は、川内さんの驚きの表情が笑顔に変わった瞬間、目頭《めがしら》が熱くなった。たかが応援なのに……。そして、高橋さんのクレイジー過ぎる応援に胸が震えた。

しかし、日本橋でのサプライズ応援を追加したために、次の蔵前までの移動は時間との闘いだった。のんびりしている暇はない。日本橋と蔵前の距離は４キロ。中盤もペースを落とさず走り続けている川内さんは、二十四分後には蔵前駅前の浅草へ向かう往路を通過する。

川内さんを見送ったと同時にホーム目がけて猛ダッシュ。四駅先の蔵前へ向かうため浅草線の到着をホームで足踏みしながら待つこと三分、到着した地下鉄に飛び乗った。そして、蔵前で地下鉄を降り、Ａ４出口に向かう駅の階段を駆け上りながら気がついた。

「走りやすい靴と服装で来てください」

いまさらだけど、今朝、高橋さんから送られてきたメールの意味に。

すでに、都庁をスタートしてから二時間三十分ほどが経過している。時刻は午前十一時四十分。高橋さんの辞書にはランチタイムの文字はない。今日のこのとき、この瞬間のすべてを川内さんの応援に傾けている。42・195キロに懸ける思いは、走り続ける川内さん以上。必ずや川内さんをフィニッシュラインまで連れていく。高橋さんは、ただそれだけを必死に願っていた。

　銀座から浅草までは、東京マラソンの花道。大都会東京を走っていることが実感できる最高の場所。沿道で応援する人たちの数が最も多く、華やいでいる。ただ、中間地点を過ぎ20キロ以上走り続けているランナーにとっては、疲れが溜まりはじめる踏ん張りどころ。そんなランナーが気持ちを立て直し、後半もしっかり走り続けるためにも、応援は欠かせない。

　それを高橋さんは知っていた。

　だから、蔵前駅Ａ４出口近くにある給水ポイント先の27キロ地点で、浅草に向かって走る川内さんを見逃すことなどあってはならない。何としても好位置を確保し、「川内、がんばれ！」と声援を贈らなければならなかった。

　蔵前駅Ａ４出口から江戸通りに出ると、浅草に向かって走り続けるランナーたちが目に飛び込んできた。曙橋や三田では元気だったランナーたちの表情に少しずつ疲れの色が見えはじめている。

　沿道は、すでに応援の人たちで埋めつくされている。

「どうする？」

　私は高橋さんに目で訴えた。

「厩橋《うまやばし》の交差点にみずほ銀行があるから、その前まで行こう」

「了解」

小走りで交差点に向かう。

川内さんの通過予想時刻が迫っていた。

交差点の手前で人垣の隙間に滑り込むと、黄色いウェアの山口さんが走ってくるのが見えた。三田で出会った山口姉弟のパパも27キロまで確実に走り続けていた。

まるで、十数年来の友人に再会したかのように嬉しくなって、

「山口さん、がんばれ！」

大声で叫びながら手を振った。すると、気付いた山口さんは「ありがとうございます」と言いながら軽く手を挙げて走り去っていった。

スーパーマンが通過。くまモンも通過。

三田で見送ったランナーたちが続々と27キロ地点を走り抜けていく。

この日まで、忙しい合間を縫って練習を続けてきたランナーたち。42・195キロ地点に引かれたフィニッシュラインを越えるためだけに力を尽くして走り続けているランナーたち。ランナーたちの努力と姿勢を尊敬するから、応援する。ランナーたちがフィニッシュラインを越えるまで、全力で応援する。

「みんな、がんばれ！」

たかが応援に熱くなる気持ちがわかりはじめた。

「来たー！」

高橋さんが指さす先には川内さんの姿。

川内さんの表情はいままでと少し違っていた。

「川内さん、エアサロ！」

川内さんの異変に気付いた高橋さんが、歩道から身を乗り出すようにしてエアサロを高く掲げた。川内さんはエアサロを受け取ると、太腿、膝、ふくらはぎに吹きかける。

「大丈夫？」

私は声を掛けることしかできない。

「ありがとう。大丈夫。できれば、反対側でもエアサロがほしい」

「了解。まかせて」

そして、すぐに、私たちは地下鉄の通路を使って江戸通りの反対側に移動。浅草で折り返して、十二〜十三分後に戻ってくる川内さんを29キロ地点の復路で待つ。エアサロを渡すために。

予定通り川内さんが戻ってきた。

「はい、エアサロ。このまま持って走って」

「ありがとう」

川内さんはエアサロを受け取ると、そのまま走り去っていった。

「豊洲で待ってるから」

高橋さんの大声に、川内さんが軽く手を挙げて応えた。

ここまで予想通りのラップを刻んで走り続けている川内さんもすごいけど、高橋さんの応援が何しろすごい。

「ほんとは月島でも応援したかったんだけど、やっぱり予定通り豊洲に向かう。いい？」

「もちろん！」

高橋さんの咄嗟《とっさ》の判断に狂いがないことは、すでに実証済み。蔵前から都営大江戸線で月島へ向かい、そこで東京メトロ有楽町線に乗り換え、私たちは豊洲に向かった。

地下鉄の中で、彼女は悔しそうに言った。

「本当は、築地か月島あたりで応援したいのよ。30キロ過ぎたころからがキツくなるのに、銀座を抜けて、築地本願寺を過ぎた35キロ地点からは応援の人の数も一気に減るでしょ。35キロからが本当のフルマラソンだと言われるほど苦しいときに応援したくて何度かシミュレーションしたけど、時間的に厳しかった」

「何度もシミュレーションしたの？」

「蔵前と豊洲の間で、何とかもう一ヵ所応援できないかと思って」

「その気持ちは、きっと川内さんに届いてる」

「そうだといいけど」

42・195キロを走ったことがないというのに、彼女は、なぜ、こんなにもランナーの気持ちがわかるのだろう。築地から佃《つくだ》大橋にかけてのコースは東京マラソンの難所。身体の疲労がたまってくると、心が折れそうになる。「だから、そこで応援したかった」と高橋さんは繰り返した。

「大丈夫。きっと川内さんは、35キロ過ぎのキツい区間を走り抜いて豊洲にやってくるから」

「そうだね、その分豊洲では全力で応援しよう」

「それに、『東京メトロ・都営地下鉄共通一日乗車券』の元は取ったと思うし」なんて、どうでもいいことを私は彼女に伝えた。

38・5キロ地点の豊洲は、完走まで残すこと4キロ弱。ランナーにとっては疲労が頂点に達する踏ん張りどころ。前に進みたい気持ちを阻むかのように脚が重くなる。止まりたい気持ちと闘いながらフィニッシュラインを目指す。

蔵前で見送った川内さんが豊洲を通過するのは五十五分後。豊洲駅で降りた私たちは、川内さんが無事にここまで走ってきてくれることを祈りながら、応援場所を確保するために歩道を小走りに急いでいた。


「小野寺かすみさん……、ですよね。おひさしぶりです」

誰かから声を掛けられた気がして振り向いた。

すると、そこに六歳くらいの男の子と巻き髪をきれいにセットした女性が立っていた。まるで、『STORY』や『éclat』の読者モデルとして登場しそうなセレブな若奥様といった服装で。

一瞬、誰だかわからなかった。

その女性が昨年末で退職した広告代理店の後輩だった島崎《しまざき》あかりだと気付いたのは、数秒後のこと。エリート銀行員との結婚を機に数年前に寿退社。風の噂《うわさ》では、確か、豊洲のマンションで優雅に暮らしているとかなんとか……。

「もしかして、島崎あかりさん……？　おひさしぶりです。あらっ、お子さん？」

「はい、息子の大樹《だいき》です」

「大樹君、こんにちは」

「こんにちは」

「島崎さん、相変わらずきれいでびっくりしたわ。とてもママには見えないわね」

社交辞令程度のあいさつを済ませたら、すぐにその場を離れるつもりだった。

「そんなことありませんよ。小野寺さんこそ、お変わりなく。会社のみなさんはお元気ですか？」

島崎さんは、私に会社の近況を尋ねてきた。

「もしかして、知らなかった？　知らないわよね。私、昨年末で会社を首になったのよ。いまは、再就職先を求めて就活中。といっても、この年齢でしょ。なかなか見つからなくて、崖っぷちなの」

「えっ！　首って、どういうことですか……？　小野寺さんは管理職や役員になる人だって思ってました。役員になってほしいって、ずっと思ってたんです」

島崎さんは想定を超えた反応を見せた。

「役員どころか、お払い箱よ」

「もしかして……、人事課長の柳沢《やなぎさわ》のせい……ですか？」

島崎さんが、思い出したくない奴の名前を口にした。

「もしかしてって？　あたらずといえども遠からず、ってとこかな。あっ、柳沢は、いま課長じゃなくて人事部長。しかも次期人事担当役員候補らしいってもっぱらの噂」

「あんな奴が役員なんて信じられない」

「あんな奴……？」

「私、アイツのせいで会社辞めたんです。本当は、続けたかったのに」

島崎さんは自らの意志で、みんなに祝福されて寿退社をしたと思っていた。でも、そうではなさそうだ。しかも、そこに柳沢が絡《から》んでいる。気になった。

「小野寺さん、早く場所を確保しないと、川内さんが来ちゃうわよ」

高橋さんが数メートル先で足踏みしている。

それに気付いた島崎さんが申し訳なさそうに、聞いてきた。

「お引止めしてすみません。お友だちの応援ですか？」

「そう。島崎さんはどなたの応援？」

「あっ、主人です。でも、もう通過したので、帰ろうと思って」

「もう通過したなんて、ご主人速いのね」

「速いんですかねえ……？　主人のことより、小野寺さんなら、きっといい仕事が見つかります。アイツを、柳沢をギャフンと言わせるような仕事を見つけてください」

またもや、島崎さんの口から柳沢の名前が出た。

「島崎さん、柳沢と何かあったの？」

「いえ、もう過去のことですから」

こんな場所であれこれ詮索《せんさく》するわけにもいかず、話はそこで断ち切れになった。

「……？　じゃあ、島崎さん、お元気で」

「ありがとうございます。小野寺さんもお元気で。再就職活動がんばってください」

「ありがとう。まあ、あせっても仕方ないのでボチボチやるわ」

高橋さんの元へ急ぎながら振り返ると、島崎さんはまだその場を離れずにいた。そして、私と目が合うと、軽く頭を下げた。

会社にいたころの島崎さんはちょっと勝気で生意気だったけど、芯が強い溌剌《はつらつ》とした女性だった。でも、今日、目の前に現れた島崎さんは、寿退社して母になり丸くなったのか、穏やかになったのか……、会社にいたころの印象とはだいぶ違っていた。きれいにセットした巻き髪に奥様然とした真新しいコートにヒール。絵に描いたようなしあわせ家族の暮らしが表れていた。

正直なところ、「マラソンの応援に来るのに、その服装はないでしょ。PTAじゃあるまいし」とも思ったけど、まあ、それも負け犬の羨《うらや》み？　それとも、妬《ねた》み？　自分とは縁のない生活をしている人を羨んだところで、妬んだところで、自分がみじめになるだけ。

ただ……、「私、アイツのせいで辞めたんです」。島崎さんの思いがけない告白が喉《のど》に引っかかってなかなか取れない魚の骨のように、飲み込めないまま留まった。

　そして、三ヵ月後、島崎さんと再会を果たすまで、そのチクチクとした引っかかりを取り除くことはできなかった。


　ここ38・5キロ地点の豊洲が、今日、最後の応援場所。

　高橋さんと一緒に川内さんを追いかけ応援しているうちに、42・195キロ地点に引かれた一本のラインを越えるために走り続けた人にしかわからない何かがあるのかもしれないと思うようになった。それればかりか、ただひたすら走り続けるランナーたちを少し羨ましく思うようになっていた。

　まもなく、川内さんがやってくる。

「小野寺さん、悪いけど、ちょっとこれ持っててくれる」

「川内、がんばれ！」と書かれた幟を私に手渡すと、高橋さんは小ぶりのミカンをデイパックの中から取りだし、剝《む》きはじめた。

「このあたりは、身体もそうだけど気持ちが疲れてくるころなのよ。だから、気持ちを切り替えるために酸味と甘みがあるものがほしくなると思うから」

　ランナーの気持ちを慮《おもんぱか》り、エアーサロンパスやミカンを準備しているとは、只者《ただもの》ではない。利害関係渦巻く組織で、人間の怖さや人と人のつながりの脆《もろ》さを思い知らされた直後だっただけに、その日、私はたかが応援に全力を傾ける高橋さんに、何度も、何度も、励まされた。

時刻はまもなく午後一時、冬の日射しは早くも弱まりはじめている。そして、まもなく、42・195キロを走り通してきたランナーたちそれぞれの長かった一日が終わろうとしていた。

三田や蔵前で見かけたスーパーマンが無事通過していった。少し遅れて、くまモンがやってきた。と、いうことは、そろそろ川内さんもやってくるはずと、歩道から身を乗り出して川内さんを待つ。しかし、予想時刻になっても川内さんはやってこない。

「大丈夫かな？　途中で何かあったとか？」

気になった。

「35キロ過ぎから少しペースが落ちるかもしれないって言ってたから、多少の遅れは想定内だから問題ないって」

確かに、人生は予定通りにいかないことだらけだ。多少のアクシデントも遅れもあって当たり前だ。でも、少しずつでも前に進めば、必ずフィニッシュラインに辿《たど》り着く。とにかく、止まらずに、あきらめずに走り続けることが何より大事なんだ。なんて、また、相田みつを的なことを思ったりした。

すると、予想時刻を十分ほど過ぎたころ、カラフルなランニングウェアに身を包んだランナーたちの中に川内さんの姿が見えた。かなり苦しそうだった。

「川内さーん、がんばって！」

私は祈るような気持ちで叫び、大きく手を振った。

私たちに気付いた川内さんのキツそうな表情が少し緩《ゆる》む。

「エアサロあるから」

高橋さんがガードレールから飛び出しそうな勢いで身を乗り出し、エアサロを手渡す。

「膝と太腿がかなりつらいけど、もうひとがんばりだから、いけると思う」

川内さんは、自分に言い聞かせるように言った。

「いける、いける。絶対いける」

「ありがとう」

膝と太腿にエアサロを吹きかけ、ミカンを受け取ると、川内さんはフィニッシュのビッグサイトに向かってしっかりとした足取りで走りはじめた。

「川内、ナイスラン！」

高橋さんの天を劈くような大声が川内さんの背中を押す。

キツくても走り続ける川内さんと、その背中に向かって叫び続ける高橋さんのデカい声に、私はその日何度も勇気づけられた。

「川内、がんばれ！」

川内さんに向かって大声で叫ぶ自分の声が胸に響く。応援は、応援する人を励まし、応援する人の背中を押す……。なんて感傷に浸《ひた》りながら小さくなっていく川内さんの背中を眺めていた私の腕を、高橋さんが引っ張った。

「小野寺さん、ビッグサイトの手前まで併走するわよ！」

突然、高橋さんが歩道を走り出した。

（えっ、併走？）

（ビッグサイトまでって、まだ3キロ以上あるんですけど……）

運動らしい運動を十数年していない私がどうしたら3キロも走れるというのか。しかも、ランニングシューズも履いていないというのに。

「川内、がんばれ！」

川内さんに向かって大声で叫びながら、高橋さんは応援する人たちをかき分け、かき分け歩道を走っていく。

（何なの？　この尋常じゃない馬鹿力、いや、底力）

もはや私には声援を贈る余裕などない。高橋さんを追いかけるだけで精一杯。ダウンジャケットとタートルネックのセーターの下を汗がダラダラ流れはじめる。

高橋さんの声援を背に受け、落ちはじめていた川内さんのペースが徐々に上がっていく。そして、あっという間に二人の姿が見えなくなった。

（誰か、小野寺かすみがんばれ！って、私を応援して）

息は切れ、心臓がバクバクしている。

奇蹟でも起こらない限り、走り続けることなどできる状態ではない。それなのに、私は、私なりの力の限りを尽くして、髪を振り乱しながらドタドタと不格好な姿で歩道を走り、見えなくなった高橋さんの背中を追いかけた。

しばらくすると、前方にある「40キロ地点」という表示が見えた。

川内さんの応援に来たはずなのに、「フィニッシュまで、あと2キロ」と自分で自分を励ましている。それにしても、運動不足の身にとって2キロという距離の何と長いことか。走っても、走っても、高橋さんの背中を捉えることはできなかった。かと言って、つべこべ言っている場合ではない。見失った彼女に追いつかなければと、ただひたすら、汗ダラダラになりながら走り続けた。

（おー、前方の交差点をランナーたちが左折していく）

あの交差点を左折すれば、フィニッシュゲートはすぐ目と鼻の先。息も絶え絶えに交差点に辿り着くと、曲がったところで手を振りながら高橋さんが待っていた。悪戯《いたずら》っ子のように嬉しそうに。

「お疲れさま」

「お疲れさまじゃないわよ。死ぬかと思った」

「目標タイムよりちょっと遅かったけど、川内さんも六分ペースの四時間十二分で完走できたことだし。あー、楽しかった」

確かに楽しかった。愉快な一日だった。

42・195キロという距離の魅力と全力応援の面白さを、その日、私は高橋さんと一緒に満喫した。六分ペースで走り続けた川内さんもお見事だけど、高橋さんの応援が何しろ天晴《あっぱ》れだった。こんな最強の女ともだちがいれば、どんなにしんどいときも何とかなる。

「めでたし、めでたし」と、締めたいところだが、その日はそう簡単に終わらなかった。

月島の銭湯でひとっ風呂浴びてからの長いこと長いこと。もんじゃ屋さんでの打ち上げは終電直前まで続き、数えきれないほどのジョッキが空《から》になった。私たちは、お店の人が呆《あき》れるほど飲みまくった。

「それにしても、高橋さんのデカい声。遠くからでもわかるからすごいよね」

「あんなに大勢の人がいるのに、わかるの？」

「わかるわよ。声のデカい人コンテストに出たら世界チャンピオン間違いなし」

「やめてよ、そんな冗談！」

その日は、ひさしぶりにお腹を抱えて笑った。

「本当に、『川内、がんばれ！』って大声の威力はすごいと思った。途中、キツくて、何度も脚が止まりそうになったけど、高橋さんのデカい声が聞こえてくると脚が動き出すんだから。それにしても、まさか豊洲から併走するとはね。すごい勢いで歩道を走る高橋さんの姿を見て、驚くやら可笑《おか》しいやら」

私だけじゃなかった。

突然併走しはじめた高橋さんに、川内さんもかなり驚いたようだった。

「でしょ。突然、『ビッグサイトまで併走する』って走り出すんだから。追いかけてる間に死ぬんじゃないかと思った。あっという間に高橋さんの姿も見えなくなるし」

「何言ってんのよ。小野寺さんも土壇場《どたんば》であきらめないっていうか、何だかんだ言って、ちゃんと追いついてきたじゃない」

高橋さんが、長靴下のピッピみたいに茶目っ気たっぷりに笑った。

「茶化さないでよ。心臓麻痺《まひ》起こすかと思うくらい、必死に走ったんだから」

高橋さんと一緒に大声で叫び続けたその日、大笑いしながらビールを飲み続けたその日、崖っぷちだった私の気分はちょっとだけ上向いた。

先の見えない再就職活動で心が折れそうになっていたけど、ふたりの底力を目の当たりにしたことで、気持ちが切り替わった。たとえ土俵際でもあきらめずに踏ん張り続ければ、逆転もあり得る。

最後まで走り続けた人にしか、フィニッシュラインを越えることはできない。

「フィニッシュラインを越えた瞬間って、どんな気持ちになるのだろう？」

川内さんに聞いてみたかった。

でも、そんな野暮なことは聞くものじゃない。豪快にビールを飲み続ける川内さんを見ていたら、そんな気がした。

「生、おかわり！」

最後の一杯を注文すると、川内さんが嚙みしめるように言った。

「悔いが残る。やっぱり悔しい」

「悔しいの？　完走したのに」

私は聞き返した。

「実は、サブ４（四時間以内での完走）狙ってたんだ。四時間を切りたいと思ってずっと練習してきたのに切れなかった。だから、すごく悔しい。最後の踏ん張りが利かなかった。キツいときに自分を追い込めなかった。練習が足りなかったんだと思う。もっと練習できたはずなのに。それができなかったことが悔しい」

全力を尽くして走り、完走したというのに、川内さんは本当に悔しそうだった。

「私も悔しい。蔵前と豊洲の間で応援できなかったことが」

高橋さんが振り返るように言った。

「えっ、乗り換えとかあって厳しかったんだから仕方ないじゃない」

「ううん、もっと緻密に計画を立てれば、築地か月島で応援できたと思う。本当に間に合わなかったのかどうか、もう少し検討すべきだったと思うと悔いが残る」

かなり酔いが回ってきたころ、私は高橋さんに聞いてみた。

「ねえ、何であんなに大声で応援するの」

「しっかり伝えたいから」

高橋さんはキッパリと言った。

「しっかり伝えたい？」

「そう。ここに応援している人がいるよって、目の前でがんばってる人に伝えたいの」

「伝えたい……？」

私は確認するように聞いた。

すると、高橋さんは少し考えるように遠くを見た。

「私、小学校六年のときクラス委員だったの。運動会も卒業アルバムの制作もクラスの中心になって盛り上げようとしてた」

「高橋さんらしいね」

川内さんが納得するように言った。

「でもね、修学旅行の前にバスの座席を決めるために、先生が『二人ひと組になってください』って言ったとき、私だけあぶれちゃったんだ」

「あぶれちゃった……って、どういうこと？」

川内さんが確認した。

「六年二組は女子が十七名だったんだけど、みんなが一緒に座りたい人同士で二人ひと組になったとき、私だけ一緒に座ろうと言ってくれる人がいなかった」

「でもさあ、そういうことって誰にでもあると思うよ」

私はよく考えずに言った。なぐさめるつもりで。

「奇数なんだから仕方ないんじゃない」

川内さんも、私と同じことを思ったようだった。

「一緒に座ってくれる人がいなかったことより、先生に『高橋さんは一人でも大丈夫でしょ』って言われたことが、なぜかすごく悲しかった。それなのに、『はい、大丈夫です』って反射的に答えてた」

高橋さんの言葉に胸が疼《うず》いた。

身に覚えがあったからだった。

私が会社を辞めるとき、同僚から「小野寺さんなら大丈夫ですよ」と言われたことを思い出した。そのとき、私も「大丈夫」だと決めつけられたことになぜか傷ついた。

いままで大声で話をしていた三人それぞれが、次の言葉を探していた。

「その日の放課後、一人で校庭の隅っこをトボトボ歩いていたら、クラスの男子とすれ違ったの。あまり話をしたことのない子で、篠原満君っていうんだけど……」

そのあと、遠い日を思い出すように高橋さんが呟《つぶや》いた篠原君の言葉が、私の心に深く突き刺さった。目頭が熱くなるのを抑えたくて、私はジョッキに残っていた少しぬるくなったビールを一気に飲み干した。

その日の深夜、自宅に辿り着くとすぐ、私はインターネットでフルマラソンの大会を検索した。

そして、見つけた「メドック・フルマラソン」の公式ウェブサイト。

エントリーボタンを「ポチッ！」とクリックした。勢いで。

「私もフィニッシュラインを越えてみたい」

42・195キロを走り切れば新たな扉が開かれる。そんな気がした。

ふたりが口にした「悔しい」が、私の背中をグイッと押した。

そして、七ヵ月後。彼の地で開催されるフルマラソンの大会に出場するために、私はたった一人でフランスのボルドーに向かって成田を発った。

「ケ・セラ・セラ、なるようになる」

完全に高をくくっていた。

第2章
寿退社の傷

この一年、旧姓島崎あかりの夫、渡辺雄太郎《わたなべゆうたろう》はマラソンにハマっている。週末ともなれば、「ちょっと走ってくる」と言って出掛け、二時間ほど帰ってこない。20キロ近く走るらしいが、あかりには苦しい思いをしてなぜ走るのかが、まったく理解できなかった。

それどころか、汗がたっぷり沁み込んだ雄太郎のランニングウェアの洗濯はあかりの役目なのだから、迷惑以外の何ものでもない。

そんなわけで、その日も、「パパの応援に行きたい」と、息子の大樹が言い出さなければ、沿道で雄太郎を応援することもなかっただろう。

雄太郎は、自宅マンションから歩いて数分の豊洲駅前を十三時ごろ通過予定だと言って早朝に家を出た。

「ママ、はやく。はやくしないと、パパ、いっちゃうよ」

「まだ三十分もあるから大丈夫よ」

十二時半少し前、大樹に急《せ》かされながら、応援ついでにららぽーと内のレストランでお昼を済ましてしまうつもりで家を出た。いや、どちらかというと、お昼を食べに行くついでに応援をするくらいの気持ちだった。

いくら近所とはいえ、外出の際はきちんとお化粧をし、髪をセットするのはあかりにとって当たり前のこと。ましてや、東京マラソンはそれなりのイベント。マラソンには興味ないが、いつどこで誰に会うかわからない。いつもより念を入れてヘア&メイクをし、バーゲンで買った新品のコートを羽織《はお》った。

豊洲駅が近づくにつれ、あかりはそのただならぬ雰囲気に驚いた。車両通行止めにされた道路をすごい数のランナーが切れ目なく走っていく。それにも増してあかりを驚かせたのは、沿道に幾重にも連なっている人垣だった。

こんなにも大勢の人が走ることも、こんなにも大勢の人がランナーを応援することも、その日まで知らなかった。

「がんばれ！　ナイスラン！」

メガホンや幟を手に、ランナーに向かって大声を張り上げる人たちがいる。

「まだかなあ……」

心配そうにランナーを待つ人たちもいる。

オリンピックや世界選手権で表彰台や入賞を目指すトップランナーならいざ知らず、趣味で走っている市民ランナーを、こんなにも熱心に応援する人たちがいるとは夢にも思っていなかった。

「ママ、ここからじゃみえないよ」

と言われても、すでに沿道には一寸の隙間もない。

「はやくしないと、パパがみつけられないよ」

と言われても、ランナーが見える場所を確保するのは簡単ではなさそうだ。

まさかの人出。

たかがマラソンの応援にこんなにも大勢の人が集まるとは……なんて思いながら大樹の手を引き、ビッグサイトの方向に向かって歩く。

すると、あかりの手を振りほどいた大樹が歩道橋と植え込みの間にあるわずかなスペースを見つけ、そこに入り込んだ。普段はおっとりしている大樹だが、こういうときは意外とすばしっこい。

大樹の後に続き、あかりが植え込みを回り込もうとすると、ツツジの枝にストッキングが引っかかった。見ると、さっきおろしたばかりの新品のストッキングに小さな穴が空いていた。さらには、植え込みを囲っているレンガの上に足を乗せるつもりがバランスを崩し、柔らかい土にヒールがズブッと突き刺さった。

パンツルックで来ればよかった。そう思ったときには遅かった。後悔先に立たず。

こういう小さなことがあかりを憂鬱《ゆううつ》にさせる。

コースを遠くまで見渡せる好位置を確保した大樹は、目の前を走り抜けていくランナーたちに興奮気味。

「パパ、あとどれくらいでくる？」

「たぶん、十分か、二十分……」

マラソンに関心のないあかりでさえ圧倒されるほどのランナーの数。

「パパ、まだかなあ」

「もうすぐだと思うけど、すごい人だから、よく見てないとパパのこと見つけられないかもしれないわね」

「だいじょうぶ。みつけられるよ」

大樹が自信満々に言った。

「でも、パパが何色のウェア着て走っているのかもわからないでしょ」

「あおだよ。サッカーのだいひょうのユニフォームをきてはしってるんだよ」

「そうなの？」

「きのう、パパ、そういってたでしょ」

「そんなこと言ってた？」

「いってたよ。それに、パパもぼくたちのことをさがすってやくそくしたから、ぜったいわかるって」

大樹と夫がそんな話をしていたことも、あかりは知らなかった。

ガードレールから身を乗りだすようにして、大樹は大勢のランナーの中から必死に雄太郎を探している。

「ミッキーマウス、がんばれ！　ガチャピン、がんばれ！」

沿道のあちこちから仮装したランナーに声援が飛ぶ。

大樹の隣にいるグループが、ものすごい声で叫んだ。

「あっ、来た！　見て、あそこ。近藤さん、がんばれ！」

「近藤さん、がんばって。あと4キロ。ナイスラン！」

「打ち上げのビールが待ってるぞ。近藤、がんばれ！」

応援団に近づいてきた近藤さんが、一人一人とハイタッチをし、「ありがとう」の言葉を残して走り去っていく。

応援団を見つけたとき、近藤さんのキツそうな表情はよろこびに変わり、ハイタッチをした応援団も元気を取り戻した近藤さんの姿によろこびを爆発させる。

「この調子だと、近藤さんサブ4いけそうですね。いやー、触発されるなあ」

「ほんと、あんな走り見せられたら、俺たちもがんばらなきゃって気合が入るよな」

（そんなものなんだ……）

あかりには、苦しいのに走る人の気持ちも、ランナーを全力で応援することを楽しんでいる人たちの気持ちもよくわからなかった。

大樹は、さらに興奮した様子で、「ミッキーがきたよ。ママ、みて。ふなっしーだよ、ふなっしー」と、仮装したランナーに手を振っている。

「ふなっしー、がんばれ！」

隣のグループが叫ぶ大声につられて、大樹が叫んだ。

「ふなっしー、がんばれ！」

引っ込み思案な大樹がこんな大きな声を出すなんて、普段はあまりないことだった。

「あっ、みて。ママ、パパだよ」

大樹が指さす方向を見ると、道路を埋め尽くす大勢のランナーたちの中に、夫の雄太郎の姿があった。確かに、ワールドカップ前に大樹とお揃いで買ったサッカー日本代表のキャプテン長谷部の背番号のユニフォームを着ていた。

予想時刻より五分ほど早かった。

雄太郎が走る姿をはじめて見た。

ドッキン、ドッキン……。

鼓動が速くなっていく。

「パパ！　パパ！」

ジャンプしながら叫ぶ大樹に気づいた雄太郎が、道路のセンター側から歩道側に移動しながら、近づいてくる。

「パパ、がんばって！」

「大樹、ありがとう」

雄太郎は大樹にハイタッチをすると、しっかりした足取りで走り去っていった。

「パパ、がんばって！」の声援に、右手で握り拳《こぶし》を掲げて応えながら。

父親の背中に向かって叫び続ける大樹。雄太郎の背中がどんどん小さくなり、あっという間に見えなくなった。

「パパ、ありがとうだって」

大樹はとっても嬉しそうだった。

「そうね。パパは大樹の応援が嬉しかったんじゃない」

結局、あかりは声援を贈ることも手を振ることもできなかった。

(どうして、がんばっている夫を素直に応援できないのだろう……)

「ちゃんとゴールできるかな」

「できるわよ。大樹に応援してもらったんだもん」

「パパ、かっこよかったね」

「そうね」

確かに、走る夫の姿はいつもよりたくましく見えた。

小さくなっていく背中を目で追いながら、夫は、大樹に自分の走る姿を見せたかったのかもしれないと思ったら、なぜかウルッときた。

「じゃあ、どこかでご飯食べて帰りましょうか?」

「やだ。まだ、ここにいる」

「でも、パパはもう行っちゃったから、あとは知らない人だけでしょ」

「しらないひとでもいい。もっとおうえんしたい」

大樹は、純粋に応援を楽しんでいた。

「早くお昼を食べて、それからお買い物をして、パパが帰って来る前に夕ご飯作らないといけないでしょ。パパ、お腹すかせて帰ってくると思うけどなあ」

「そうだけど……」

「パパは、何が食べたいかな？」

「ビール！」

「大当たり！」

名残惜《なごり》しそうな大樹の手を引いて歩き出すと、斜め前方になつかしい人の姿を見つけた。結婚するまで勤務していた広告代理店の先輩、小野寺かすみだった。あかりが退職して早六年、小野寺かすみに会うのも六年ぶりだった。


「小野寺かすみさん……、ですよね。おひさしぶりです」

思い切って声を掛けた。

三十代のころから地味で堅実で目立つことが嫌いな人だった。でも、その落ち着いた雰囲気には自分なりのスタイルが表れていた。

「もしかして、島崎あかりさん……？」

一瞬、誰だかわからない表情をしたかすみも、すぐに思い出したようで、二人はほんの少し立ち話をした。

小野寺さんのような実直な人は定年まで勤め上げ、管理職や役員になるに相応《ふさわ》しい人だと思っていた。だから、「会社を首になって、いま再就職先を求めて就活中」と告げられ驚いた。「首になった」のひと言が気になった。小野寺さんの身に何が起こったのだろう。

「もしかして……」

胸が疼いた。古傷が痛むような感覚だった。

そして、あえて、思い出さないようにしていたあの日のことが鮮明に蘇った。

人事課長の柳沢正《ただし》に呼び出され、会議室で言われたこと。あまりの冷酷さに血の気が引いたこと。他人《ひと》の人生を何とも思わず、他人《ひと》の気持ちを平気で踏みにじる人間が人事権を握っていることが悔しくて一睡もできず、ベッドで泣き明かした日のことが……。

小野寺さんも、あの日の私と同じような思いをしたのだろうか。

あの日の悔しさが、さざ波のようにあかりの胸に静かに押し寄せてきた。小野寺さんともっと話がしたかった。小野寺さんの身に何が起こったのか、あかりは知りたかった。

でも、小野寺さんは、友人と思われる女性の元へ急いでいる様子だったので、それ以上話をすることはできなかった。

立ち去り難《がた》い思い。

気になってしばらく眺《なが》めていると、小野寺さんは友人と一緒にランナーに向かって驚くような大声で声援を贈りはじめた。

小野寺さんのような静かな人が、あんな大きな声を出すとは思わなかった。「崖っぷち」なんていいながら、その表情は意外にも晴々としているように思えた。

「ママのしってるひと？」

「うん。むかし、会社で一緒にお仕事してた人」

「ママ、かいしゃでおしごとしてたの？」

「してたのよ」

「パパみたいに？」

「そうよ」

大樹は不思議そうな顔をした。

オリーブ色の羽毛ジャケットに茶系のニット帽とマフラーの小野寺さんは、スポーティなスタイルにもかかわらずシックでお洒落《しやれ》だった。小野寺さんの隣でメガホンがいらないほどの大声で叫んでいる女性も、スポーツウェアブランドの白い羽毛ジャケットにランニングシューズにデイパックという休日のスポーツ観戦に相応しい恰好。その突き抜けた感じがとってもセンスの良い人だった。

それにくらべて、私ときたら。

まるでＰＴＡに出席するようなコートにヒール。あかりが周りを見回し、場違いにも程があると気付いたときは、すでに遅かった。マラソンの応援にヒールを履いて来るとは、野暮ったいといったらない。

（小野寺さん、私の服装を見てどう思っただろう……）

あかりは、小野寺かすみからどう思われたかが気になった。

当時も今も、小野寺さんは私のことなど何とも思っていないだろう。それなのに、私は気にしている。常に、誰かの目や誰かからの評価を気にしている。

完璧な母親、妻、主婦になろうとするのも、あの日奪われた仕事の代わりに打ち込むものがほしかったからなのかもしれない。しあわせな専業主婦になることで、人事課長の柳沢に仕返しをしたかったのかもしれない。でも、柳沢は私の人生になどまったく関心ないだろう。それどころか、数年前に退職した私のことなど、もうとっくに忘れているだろう。

でも、あかりは忘れていなかった。あの日のことも柳沢のことも。

大樹と二人で入ったらららぽーと内のカジュアルイタリアンで、あかりは昼間だというのにグラスワインを三杯も飲んでしまった。

「ママ、どうしたの？」

大樹は、あかりがグラスを空けるたびに不思議そうな顔をした。

ざわついた気持ちを抑えたかった。

でも、抑えていた仕事への思い、忘れようとしていたあの日の悔しさが、小野寺かすみに会ったことで、まるで昨日のことのように思い出された。

酒井順子氏の『負け犬の遠吠え』が出版された頃、島崎あかりは二十七歳だった。

社会人になって五年目。仕事の面白さがようやくわかりはじめ、同期入社の平山貴子《ひらやまたかこ》たちと飲みに行ったり、ボーナスで海外旅行に出掛けたりしながら、充実した会社員生活を送っていた。

世間からは、アフターファイブに重きを置いている気楽な女性社員と思われていたかもしれない。でも、貴子をはじめ同期入社の女性たちはみな、必死に働き、真剣に悩み、全力で仕事に取り組んでいた。世間が思うよりずっと、真摯《しんし》に仕事に向き合っていた。

意気揚々と新企画を提案したものの相手にされず落ち込むこともあった。営業成績が悪くて思い悩むこともあった。大事なプレゼンの場で失敗し、クライアントに呼び出され注意を受けたこともあった。

それでも……、いつかこの経験が活《い》かされる日が来ると信じていた。

十年、二十年と働き続け、会社に貢献できるようになりたくて残業も徹夜も厭《いと》わなかった。

仕事をすることでしか得られないこと、仕事を通じてしか感じられないことがあることも、真剣に仕事をすることで身を以て知った。

にもかかわらず、「三十代以上・未婚・子ナシ」は女の負け犬だという括りが気になり、同期が集まると、「彼氏」や「結婚」のことが話題に上るようになる。そして、誰が負け犬になり、誰が負け犬から抜け出すかと競い出した。

今にして思えば、「三十代以上・未婚・子ナシ」であろうとなかろうとどうでもいいことだ。それなのに、なぜかあのころは、負け犬になりたくない気持ちが強かった。

あかりが所属していた営業管理部の女性最年長は、当時アラフォーだった亀山《かめやま》千秋《ちあき》。そして、あかりと同期の平山貴子が所属していた営業企画部には、千秋と同期の小野寺かすみがいた。地味で堅実なかすみは独身。一方の千秋は大手自動車メーカーに勤務する夫がいて、二度の産休を取り、二人の男の子のママでありながら仕事をバリバリこなす華やかな人。二人は対照的だった。

そんな千秋は女性社員の憧れの的。入社前の説明会でも、結婚し子育てをしながら仕事をしている女性の代表として紹介された。そして、あかりも千秋をロールモデルにし、結婚後も仕事を続けようと決めていた。

美大出身の貴子は、常に我が道を行くタイプ。婚活にはまったく興味を示さなかった。あかりは、同期に誘われ何度か合コンに参加。三十五歳までに結婚、出産を果たし、たとえギリギリでも負け犬の烙印《らくいん》を押されることから逃れたいと思っていた。

あかりが後に夫となる渡辺雄太郎と出会ったのは二十八歳のときだった。

大学時代の同級生の結婚式で雄太郎とはじめて会ったとき、まず、有名大学の経済学部卒で大手銀行に勤務する三十五歳という基本情報がインプットされた。二次会ではさりげなく隣に座り、映画を観に行く約束を取り付けた。

二年の友だち期間を経て付き合いはじめてみると、雄太郎は穏やかでおっとりしていて、物足りないくらいのんびりしたマイペースの人だった。気候が温暖な南房総の出身で、房州《ぼうしゅう》団扇《うちわ》の職人をしている両親の背中を見て育ったという彼は、「まさか自分が銀行員になるとは思ってもいなかった」と何度となく言っていた。

確かに、「こんな性格で、競争の激しい銀行で出世街道に乗れるのだろうか」とかなり気になった。でも、すでに豊洲にマンションを購入していると聞き、その堅実さが結婚の決め手になった。

誰だって、それなりの所で新生活をスタートさせたいと思うはず。それなりの所とは人が羨むくらいのレベルのことだ。

さらに二年の交際を経て、雄太郎三十九歳、あかり三十二歳のとき結婚した。結婚後も、もちろん仕事を続けるつもりでいた。結婚式を三ヵ月後に控えたあの日までは。

直属の上司の井上に結婚することを報告し、結婚式の前後に慶弔休暇を取得するつもりだと相談した翌週、あかりは人事課長の柳沢に呼び出された。結婚に伴う住所氏名の変更などの諸手続きのためかと思い、手帳とペンだけを持って人事部のフロアにある指定された会議室に向かった。

トントン。

「島崎ですが」

「はい、どうぞ」

会議室に入ると、柳沢と人事担当役員の西條《さいじょう》の二人が座っていた。二人とも、まるで能面をつけているかのように無表情だった。

不吉な予感がした。

あかりがテーブルを挟んで二人の前に座ると、柳沢が数枚の書類が入った封筒を差し出した。「すぐに、中を確認するように」とでも言うような威圧的な態度だった。

「結婚おめでとうございます」と言われるのかと思っていたあかりは、多少戸惑《とまど》いながら、封筒から書類を取り出した。

「退職届」

一番上にあった書類を見た瞬間、血の気が引いた。

そして、それが「退職勧奨」を意味することだと一瞬で察知した。

パニックに陥《おちい》りそうな自分と、血の気が引くという表現はこういうときに使うんだなんて冷静に状況を把握しようとする自分がいた。

「どういうことですか？」

自分を落ち着かせるように、あかりは、静かにゆっくりとした口調で質問した。

「島崎さん、あなたの上司からあなたの結婚が決まったと報告があったもので、その手続きをしていただこうと思いましてねえ」

柳沢は、あかりの意志など端《はな》から無視して、事を進めようとしていた。

「結婚するとは報告しましたが、会社を辞めるとは一言も言っておりません。結婚しても仕事は続けるつもりでいると、井上課長にもお伝えしたはずです」

あかりは、自分の意志をはっきり伝えた。

「結婚しても仕事を続けるですって。企業間の競争が厳しい時代、戦力外の社員を雇っておく余裕なんて今の広告業界にはないんですけどねえ」

「戦力外ってどういうことですか？」

「結婚して、子どもができて、出産やら、育児やらと休暇を取られたら足手まといになるだけ。会社にとって戦力外どころかお荷物以外の何ものでもないということです」

結婚し子どもがいることとイコール戦力外だと端から決めつけ、事務的に事を進めようとする柳沢の隣で、役員の西條は黙って座っているだけ。しかも、如何《いか》にも面倒臭いといった風に貧乏ゆすりをしている。一人の人間の人生にかかわることなのに、その表情にはとっとと切り上げてこの場を離れたい気持ちが表れていた。

事実は小説より奇なり。

男女雇用機会均等法が施行されて二十年以上経つと言うのに、密室ではこんなことが当たり前のように行われている現実。世の中は所詮そんなものだと、頭でわかっていながら、よもや自分の身に降りかかってくるとは、あかりは夢にも思っていなかった。

何が起こっているのかは理解できた。

でも、あまりに突然のことで心の準備ができていなかった。

できるだけ冷静にと自分に言い聞かせ、制御不能になりかけた気持ちを何とかコントロールした。

「入社案内にも、会社のＣＳＲレポートにも、女性が働きやすい会社、結婚しても多くの女性が活躍している会社と書いてありますよね。なぜ、自分の意向に反して辞めなければいけないんですか？」

「入社案内やＣＳＲレポートを真に受けられても困りますよねえ、役員」

同意を求められた西條は、「口を慎《つつし》みなさい」とばかりに柳沢を睨《にら》みつけた。

「おっと、失礼いたしました」

「現に、同じ部の亀山千秋さんは二度の出産、育児休暇を取得しても仕事を続けているではないですか？　ほかにも結婚後も仕事を続けている女性は社内にいますよね」

「ああ、男女雇用機会均等法世代は、上手《うま》くやりましたよね。世間の手前、辞めてもらうことができませんでしたから。それに、亀山さんは人寄せパンダですよ」

「人寄せパンダ？」

柳沢が言い放った単語に、あかりは自分の耳を疑った。

「何かのときに、登場してもらうことで、会社の面目も立ちますから。本当はお荷物以外のなにものでもないんですけどねえ」

西條は、相変わらずダンマリを決め込んでいるが、肝心なところでは目配せをする。

「あっ、そうでした。軽率な発言は慎みませんとね」

自分に対する理不尽な仕打ちも然《さ》ることながら、人事課長の立場にありながら、結婚出産後も仕事を続けている女性社員を人寄せパンダ呼ばわりする柳沢の下劣さは、到底許せるものではなかった。さらには、こういう人を、人事を担う部署に置いている会社に腹が立った。

「私は、絶対辞めません。辞めるつもりはありませんので」

毅然とした態度で、二人の目を正面からしっかり見た。すると、二人の目が反射的に泳ぎ交差するのをあかりは見逃さなかった。

「困りましたねえ。島崎さんが、こんなにわかりが悪いとは思いませんでした。まあ、辞めないならそれもいいでしょう。確か、新居は豊洲と伺《うかが》っていますが？　総合研究所のある藤枝まで毎日通勤するのは大変でしょうね。ウチは、新幹線通勤を許可していませんから」

「フジエダ……？」

咄嗟のことで何を言われているのかわからなかった。

「そうです。静岡県の藤枝市にある総合研究所です。島崎さんが会社に留まることを選択するなら、行ってもらうしかありませんかねえ、役員」

西條は何も答えず、窓の外へ視線を逸らせた。

「まあ、来週中にでも決めてください。こちらは急ぎませんので」

（来週中？　急がないって？　人生にかかわることなのに）

あまりの理不尽さに、怒りを通り越して悲しくなった。血管が凍りつくような状況の下、すべての感情に蓋をし、冷静さを保つことだけに神経を集中させた。

「失礼します」

それだけ言うと、あかりは会議室を後にした。

動揺していた。

気持ちを整理しようと、非常階段の扉を開け、踊り場に出た。

晴れているのに、風が冷たかった。

深呼吸をして空を仰ぐと、快晴の空に真っ白な雲がポッカリ暢気そうに浮かんでいた。

「お天道様が見てるから、一所懸命生きなさいって、おばあちゃんいつも言ってたよね。天知る、地知る、我知る、人知る。まじめに働いていれば、きっと誰かが見てくれているって、おばあちゃん言ってたよね。でも、世の中、そんなきれいごとは通用しないんだよ」

子どものころ亡くなった祖母のことを思い出した。

どこまでも続く青空が恨《うら》めしかった。

込み上げてくる悔しさで、視界に映るビル街が曇って見えた。


めでたいはずの結婚式を三ヵ月後に控えたあかりは、十年勤務した会社に退職届を提出した。柳沢の思うつぼだということはわかっていた。でも、もうここでは働けない。何もかも信じられない組織で働き続けることは、あかりにはできなかった。

退職関連の書類は、すべて「自己都合退職」と書かれていた。周りの社員から、「寿退社なんて羨ましいねえ」と、お祝いとも冷やかしともいえる言葉を掛けられた。

そして、そのたびに、人事からの理不尽な退職勧奨によって傷ついた心が、塩を塗りつけられたようにヒリヒリと痛んだ。

退職日当日、各フロアの掲示板に張り出された「自己都合退職」と書かれた辞令が、嘘に塗り固められたフィクションであることを知っている人はわずかしかいなかった。事務的な手続きを終え会社の外に出ると、あかりは一度も後ろを振り返らなかった。通い慣れた駅までの道を急ぎながら思った。大好きだった会社を嫌いにしたアイツらを絶対許せないと。

その日の夜は一睡もできなかった。

一晩でティッシュの箱が空になった。


退職届を出す数日前、会議室でのやり取りすべてを雄太郎に話した。

「実際には、そういう会社って少なからずあるんだろうなあ……。でも、やり方や言い方ってものがあるとは思う。まあ、そういうときこそ、人事担当者の人間性や人柄が表れるんだろうけど」

「悔しいし、頭にも来たけど、とにかくがっかりした。二十代を捧げた会社があんなだったなんて。私の十年は何だったんだろうって」

「近頃は、二十年三十年勤務して、長きにわたって会社に貢献した社員でも情け無用みたいだから。早く気持ちを切り替えて新しい仕事を見つける努力をした方が精神的にもいいと思うよ。僕は、専業主婦でも仕事をしても、君の意志を尊重するから」

それっきり、辞めた会社のことを二人で話すことはなかった。

結婚披露宴には、同期の平山貴子以外、元会社の人は招待しなかった。貴子にだけは、あの日の会議室でのやり取りをすべて話し、これからのことを相談していた。

「柳沢って同期の中でも一番の出世頭らしいんだけど、出世のためなら何でもやるってもっぱてもらの噂よ」

「私は、アイツの出世の道具ってわけ？　あー、誰かに成敗してほしい」

あかりは悔しさをどこへぶつけたらいいのかわからなかった。

「因果応報って言うじゃない。そのうち、天罰が下るわよ。私は、あかりがどっちを選択しても尊重するし、応援するから」

「ありがとう。雄太郎にもそう言われたわ。辞めたいというより、あの会社にいたくないっていうのが正直な気持ち。もうあの会社で働く意欲は湧いてこないと思う。柳沢の思うつぼかもしれないけど、結婚を機に人生をリセットするつもりで前向きに捉えた方がいいような気がする。悔しいし、かなり頭に来てるけど」

「柳沢の思うつぼだろうがなかろうが、そんなことどうでもいいのよ。あかりの人生はあかりが舵《かじ》を取ればいいってこと。どんな選択をしても、舵を放さず自信を持って生きていけばいいだけのことだと思うよ」

いざと言うとき、女ともだちほど心強いものはない。世間では、女性の敵は女性なんて言うけれど、そんなことはない。あかりは、貴子と話すたびにそう思った。

結婚後、落ち着いたら再就職活動をするつもりでいたあかりだったが、すぐに妊娠。翌年には長男の大樹を出産した。育児中心の専業主婦生活を続けていると、あっという間に六年の歳月が流れていた。

マタニティブルーになり、産後鬱になりそうなときもあった。四六時中授乳に追われ、大樹とふたりだけの時間が延々と続く暮らしに焦りを覚えたこともあった。でも、それだけではなかった。天使のようにかわいい大樹の微笑みに母親となったよろこびを実感した。

大樹の授乳期が過ぎると、朝早く出かけ終電で帰宅する夫に苛立《いらだ》つこともあれば、スーツを着た女性の潑剌とした姿を羨ましく思うこともあった。

そして、ときどきあの日のことを思い出し、湧き上がってくる悔しさを押し込めた。

貴子から届いた年賀状代わりの絵ハガキの消印がスペインのバルセロナだったときは、正直心が乱された。一方で、親子三人の写真をプリントした年賀状を出す優越感がないとは言えない。ひとり相撲なのはわかっている。それなのに、仕事を続けている貴子と張り合ってしまうのだから、女心は複雑で厄介《やっかい》だ。

さらには、イライラが募り夫に八つ当たりすることもあるのだから、何とも情けない。

大樹が三歳になろうとしていたある日のことだった。

「ひとりで育児をするたいへんさをあなたはわかっていない！」

深夜に帰宅した雄太郎に、あかりは機関銃のごとく不満をぶちまけた。

すると、あかりが落ち着いたころを見計らって雄太郎が話しはじめた。

「今日、内辞があったんだ。本意ではない部署に異動することになった。これからは、いままで以上に忙しくなるだろうし、帰宅時間も遅くなると思う。大樹のことは心配ない。君なら大丈夫だ。のんびりやればいいいさ」

その夜、普段は烏の行水の雄太郎が一時間以上浴室から出てこなかった。

家庭では一切仕事の話はしない人だった。でも、その日、銀行で何かがあったことは、あかりにもわかった。雄太郎にとって良からぬことが。

外でがんばる夫に代わって家庭を守るのが妻の務め。そんなこともわかっていた。それなのに……、あかりの気持ちはグラングランと揺れ鎮《しず》まらなかった。

「ごぶさた。元気？　特に用事はないけど、どうしてるかなって思って」

ひさしぶりに、あかりは貴子にメールを送った。

でも、その日は、待てど暮らせど、返信がない。

そして、翌日の午後九時を回ったころ。

「こちらこそ、ごぶさた。大樹君大きくなったでしょ。人使いの荒いクライアントに振り回されて、ここのところ毎日深夜帰宅。今日も、これからコンビニおにぎりを片手に明日のプレゼン資料作り。すてきな旦那とかわいい息子に囲まれて暮らすあかりとは月とスッポン。日付が変わるまでに帰りたいけど、それも無理そう。では、雄太郎さんによろしく」と返信があった。

貴子からの返信を読みながら、残業続きだった日がなつかしく思い出され、胸がざわついた。

四歳になった大樹の幼稚園入園を三ヵ月後に控えた一月中旬、雄太郎がめずらしく早く帰ってきた。

「来月の一日付で出向になるから」

「しゅっこう？」

咄嗟には漢字が思い浮かばなかった。

「グループ企業の下請けで、経営再建中の部品工場の経理部長として出向することになった。事務所は蒲田《かまた》だから、通勤時間もいままでより少し長くなると思う」

部品工場……。しかも、大手町じゃなくて蒲田……。

「あかつき銀行の社員じゃなくなるの？」

聞いてから、後悔した。

「本籍は銀行にあるけど、状況次第で片道切符になる可能性もある」

「そうなの……」

あかりは、返す言葉が見つからなかった。

「組織なんてそんなもんさ。君だって身を以て知ってるだろ」

「それで、出向するのは何ていう会社なの」

「ヨドガワ機械工業」

聞いたことがない会社だった。

おっとりしているようで納得がいくまであきらめない雄太郎が、働き盛りの四十代中盤で出向になる。雄太郎の悔しさを思うとやり切れなかった。それなのに、「幼稚園のママ友に、『ご主人どこにお勤めなんですか?』って聞かれるだろうなあ」なんて世間体を気にしてもいる自分がいた。

「幼稚園の入学願書を記入する時点では、まだあかつき銀行だから」

あかりの気持ちを見透かしたようにそれだけ言うと、その夜、雄太郎は一時間以上お風呂から出てこなかった。

その週末の金曜日、雄太郎はスポーツブランドのロゴが印刷された大きな袋を抱えて帰ってきた。そして、翌朝六時過ぎ、まだ薄暗いというのに「ちょっと走ってくるから」とだけ言い残して出掛けていった。

この三日間、雄太郎は眠れない夜を過ごしていた。

あかりにも、夫がもがいているのがわかった。

ドアがバタンと閉まる音があかりを不安にさせた。胸騒ぎを打ち消したくて、あかりは朝食の準備をはじめた。週末の朝は、いつもパンとコーヒーだけで軽く済ませる雄太郎だったが、この日、あかりは雄太郎が好きなマッシュルーム入りのオムレツを作って帰りを待った。

雄太郎が汗びっしょりになって帰ってきたのは、二時間後の午前八時過ぎだった。あかりの心配をよそにスッキリした顔をしていた。そして、シャワーを浴びると、あかりが作ったオムレツをおいしそうに食べてくれた。

その日から、週末になると雄太郎は一人黙々と走るようになった。

　ゴールデン・ウィークが明けて一週間が過ぎたころ、お迎えに行った幼稚園で、あかりは保育士と立ち話をした。

「大樹は、ほかのお子さんたちと仲良くやってますか？」

「はい、特に問題もなく仲良くしてますよ」

「だったらいいんですけど、とにかくのんびりしてるので気になって」

　ほんの世間話のつもりだった。

「確かに、大樹君はおっとりとしてマイペースですよね。並ぶときもいつも一番最後ですし、お給食を食べ終わるのも一番最後。お友だちに遊んでいたおもちゃを横取りされても、怒らず辛抱していますから。ご家庭がよほど穏やかなんでしょうね」

　一番最後という単語が、引っかかった。

「一番最後なんですか？　それは、ほかのお子さんたちとくらべて、行動が遅いというか、動作が鈍いということなんでしょうか？」

「そんな深刻なことじゃありませんよ。争い事を自然に避けるっていうのか。競うことが嫌いなんじゃないですか」

　帰宅した雄太郎に、あかりは保育士とのやりとりを話した。

「それで、何か問題でもあるの？」

　雄太郎はまったく意に介さなかった。

「別に、問題があるわけじゃないけど」

「だったら、いいじゃないか」

「今はいいけど。これから先、競争社会で生き残っていけるのかしらと気になっただけ。こんな調子じゃ、学校や会社で勝ち残れないんじゃないかと思って」

いつものように、愚痴《ぐち》を言ったまでだったのだが……。

「勝った負けたって言うけど、それが何なんだよ」

雄太郎の声がいつもより大きかった。

「何がって、やっぱり負け組に入ってほしくないじゃない」

「社会には無数の尺度がある。価値観も人それぞれだ。勝ち負けも捉え方次第でどっちにもなる。そんな料簡の狭い考え方で大樹を育てたら、大樹の個性や可能性を摘み取ってしまうことになりかねないだろう。勝ち負けや肩書なんてどうでもいい。その人自身をしっかり見てればそれでいいんだよ。大樹のことをしっかり見てやれ、信じてやれ。僕が君に望むことはそれだけだ」

普段は無口な雄太郎がめずらしく声を荒《あら》らげた。

気付けば、常に人とくらべて、置かれている状況をくらべて、自分の価値を上げたり下げたりしていた。いつからか、自分不在の価値観に振り回されるようになっていた。

仕事をしていたころよりずっと、今の方が外出時の髪型や服装に気を使うようになった。自分が着たい服や自分が履きたい靴ではなく、人が見てどう思うかで選ぶようになった。

「あかりの人生はあかりが舵を取ればいいってこと。どんな選択をしても、舵を放さず自信を持って生きていけばいいだけのことだと思うよ」

会社を辞めたとき、貴子に言われたことを、あかりはひさしぶりに思い出していた。

仕事で得ていた緊張感と充実感。役目を担《にな》う手応え。貴子のように仕事を続けている女性たちから遅れをとっている悔しさみたいなものを埋めようともがいているうちに、あかりは世間体ばかり気にするようになっていた。

「大樹、お風呂入ろうか？」

「うん」

お風呂場からは、うれしそうな大樹の笑い声が聞こえてきた。

お風呂から上がってきた雄太郎が言った。

「明日から、会社に弁当持っていきたいんだけど、作ってくれるかなあ……？」

「お弁当？　もちろん。よろこんで作るけど、急にどうしたの？」

「今度の会社。社員食堂がないんだよな。毎日、コンビニの弁当じゃ飽きるだろ」

雄太郎が出向して三ヵ月半。あかりは出向先に社員食堂がないことをいままで知らなかった。仕事をしていない代わりに、主婦として妻として母として誇れる生き方をしたいと思っていたのに、それもできていなかった。

「毎日のことだから、特別なものを入れる必要はないからな。夕飯の残りを詰めてくれれば、それで十分だから」

「残り物って言われても……」

急いで冷蔵庫の中を覗いた。

「言っとくけど、ケチャップでハートとか描くんじゃないぞ。地味な弁当でいいからな」

「了解！」

明日から夫のために毎朝お弁当を作る。そんな小さなことがあかりを張り切らせた。

翌朝、あかりはいつもより三十分早く起き、雄太郎の希望通り、夕食のチキンカツの残りとジャコ入りだし巻き卵、ほうれん草の胡麻和え入りの地味な色合いのお弁当を作った。犬のために何かをしている実感が、あかりの気分を上向かせた。


大樹は元気に幼稚園に通い、雄太郎は出向先に通勤し続けている。雄太郎が銀行に戻る日を待ち続けているのかどうかはわからない。でも、相変わらず家では愚痴ひとつ言わず、あかりが作るお弁当を毎日空っぽにして帰ってくる。

そして、日に日にマラソン熱は増し、ときには職場から走って帰ってくることもある。そして、十倍の競争率を勝ち抜いて東京マラソンに当選すると、普段は感情を外に出さない雄太郎がよろこびを爆発させた。

「やったぞ！　大樹、パパ、すぐそこの道を走るから応援してくれるか」

「うん、ぜったいおうえんする」

それからは、週末ともなると朝五時に起きて走るようになり、銀行時代より体重が五キロ減り、陽に焼けた横顔はどんどん引き締まっていった。

あかりには、苦しい思いをしてまで走るマラソンランナーの気持ちはさっぱりわからない。ましてや、沿道で応援をするなど夢にも思ったことがなかった。

ただ、東京マラソン前日、雄太郎と一緒にお風呂に入った大樹は応援に行く気満々。何度も、時計の前でパパが豊洲駅前を通過する時刻を確認していた。

そして、当日、あかりは大樹にせがまれて行った沿道で雄太郎が走る姿をはじめて見た。黙々と走る夫はたくましく、その背中にドキドキもした。さらには、偶然会った元会社の先輩小野寺かすみから、「会社を首になった」なんて聞かされたものだから、無理やり封じ込めていた気持ちがざわつきはじめる。

東京マラソンの応援から戻ると、大樹はスケッチブックを取り出し、何かを描きはじめた。しかも、鼻歌交じりでかなりご機嫌。

夕食の準備をしていると、無事完走した雄太郎が帰ってきた。

玄関に飛び出していく大樹。

「パパ、おかえりなさい」

「ただいま」

「パパ、はい、これ」

大樹が、さっきまで熱心に描いていた絵を差し出す。

「おっ、何だ？」

雄太郎がそれを嬉しそうに受け取る。

「ひょうしょうじょうだよ」

「表彰状？」

「パパ、おめでとう。だいきより」と書かれた大樹作の表彰状には、首にメダルをかけた雄太郎が描かれていた。

「パパが首にかけてるのは、完走メダル？」

「ちがうよ。きんメダルだよ」

「金メダル……？　パパ、一番じゃなかったのにいいのかな？」

「だって、パパがいちばんかっこよかったから」

「ほんとか？　パパも大樹の応援が一番嬉しかったよ。これはパパからのプレゼント」

「プレゼント？」

雄太郎が、完走メダルを大樹の首にかけた。

「パパが最後までがんばれたのは、大樹の応援があったからです。だから、ありがとうのメダルを大樹に授与します」

「やったー」

雄太郎にとっても大樹にとっても、その日は特別な日になったのだろう。

夕食のカレーを煮込みながら聞く二人の楽しそうな会話。夫は、今度いつ大会に出場するのだろう？　大樹と一緒に「パパ、がんばれ！」と大声で声援を贈るのも悪くないような気がした。

「ママ、おなかすいた。ごはんまだ？」

大樹が待ちきれないというように聞いてきた。

「できたわよ。さあ、手を洗って」

三人でテーブルを囲む夕食。

「いただきます」

「いただきます」

カレーを頬張《ほおば》る二人。

「今日のカレーは飛びっきりうまいなあ」

「とびっきりうまいなあ」

大樹が雄太郎の真似をする。

親子三人で食べたこの日のカレーは、いつもよりちょっとだけおいしかった。

「ママも、パパみたいにはしればいいのに」

突然、大樹が言った。

「おっ、いいアイデアだな。ママが走ったら大樹とパパで応援しような」

雄太郎が答えた。

「ママは無理。高校卒業以来、１００メートル以上走ったことないし」

「ママとパパがいっしょにはしったら、たのしいとおもうけどなあ」

「勘弁してよ。ママは、大樹と一緒に応援でがんばるから」

汗臭い雄太郎のランニングウェアを洗濯するたびに、何を好き好んで、苦しい思いをして走るのだろうと思っていた。でも、その日は、その汗臭さが誇りに思えた。


そして、翌日、あかりは大樹が幼稚園に行っている間に買い物に出掛けたついでに、なぜかフラフラッとスポーツショップに引き寄せられる。

壁一面にディスプレイされた色とりどりのランニングシューズ。店内には、想像をはるかに超える種類と量のウェア、キャップ、ポーチ、手袋などのアイテムが所狭しと並べられていた。確かに、昨日の東京マラソンも、カラフルなウェアに身を包んだランナーで埋めつくされた道路はまるで花畑のようだった。

マラソンは地味で孤独なスポーツだと決めつけていたあかりは、商品を眺めているだけで気持ちが華やいでいくことを不思議に思った。

「よろしければ履いてみませんか?」

陽に焼けたスタッフから声を掛けられた。

「いえ、眺めているだけですから」

走る気もないのにショップに入ったことを後悔した。

「履いてみないと履き心地はわかりませんから、ぜひ試してみてください」

走る気もないのにカラフルなシューズに見とれていることが気恥ずかしかった。

「走らなくても、カジュアルファッションとして履く方も多いのでぜひ」

あまりカジュアルな服を着る機会がなかったので気後《きおく》れした。

なのに……、「じゃあ、履いてみようかしら」と答えていた。頭ではなく身体が反応したという感覚だった。

薦められた初心者用のシューズを履いて驚いた。色や形だけではなかった。その進化したランニングシューズの軽いことといったらない。まるで羽が生えたように気持ちが軽くなった。

こんな自由な気分になったのはひさしぶりだった。

気がつくと、若草色のシューズとスカイブルーのウェアの上下を持ってレジに並んでいた。レジで精算をしながらも自分の行動を理解できずにいた。

(走ることにも、ランナーにもまったく興味がなかったというのに……)

東京マラソンの翌日、あかりは、ランニング用品一式を購入してしまったのだった。


自宅に戻るとすぐシューズを履き、ランニングウェアを着て鏡の前に立った。何か新しいことをはじめるときの新鮮な気持ちは悪くなかった。大樹の入園式や発表会ではなく、自分自身のことでドキドキするのはひさしぶりだった。

大樹のお迎えまで、まだ時間はある。思い立つ日が吉日。すぐに、家を飛び出すと、軽いストレッチらしきことをして、ゆっくり走ってみた。すぐに息が上がったが、苦しくはなかった。頰に当たる風が心地《ここち》よかった。忘れていた感覚だった。

人工的な街だと思っていた豊洲にも小さな路地があった。人の営みがいつもより身近に感じられた。駆けっこも鬼ごっこも大好きだった子どもの頃を思い出した。

早歩き程度の速度で2キロほど走ると、薄《うっす》らと汗をかいた。少し休憩してから、さらに1キロほど走って初日のランニングを終えた。身体の芯からポカポカしてくる感じがして、細胞がよろこんでいるようだった。

家に帰り、シャワーで汗を流すと、モヤモヤしていた気持ちがスッキリした。

雄太郎が走る理由が、ちょっとだけわかった。

しかし、翌日は身体がギシギシ音を立てるほどの筋肉痛。運動不足を痛感したと同時に、42・195キロ走り続けることができるランナーをすごいと思い、42・195キロ走り続けるために日々練習を重ねる雄太郎を見直した。

玄関にあったランニングシューズに気付いたのだろう。

「走りたいときに、走りたい距離を自分のペースで走るのがいいんだろうなあ。楽しんで走ることが長く続ける秘訣《ひけつ》だと思うよ」

朝食の準備をしていると、新聞を読みながら、雄太郎が独《ひと》り言のように言った。

「運動不足の解消にと思って……」

照れくさかったので、あかりは曖昧《あいまい》な返事をした。そして、その翌日から、平日の昼間、時間のあるときに少しずつ走るようになった。

週に、二、三回、あくまでもゆっくり、あくまでもマイペースで少しずつ距離を延ばしていった。すると、一ヵ月後には5キロほどの距離を一度も休まず走り続けられるようになっていた。しかも、いつの間にか筋肉痛にならなくなっているのだから、人間の筋肉は実に正直で頼りがいがある。

そして、スポーツショップの前を通るたびに、ウインドウ越しに春夏用のランニングウェアを眺めてしまうほど、走ることが楽しくなっていた。

「ママ、どうしたの？」

鼻歌を歌いながら洗濯物をたたんでいると、大樹が不思議そうに聞いた。

「どうしたのって……？」

「なんだか、うれしそうだから」

嬉しそう……？　って私が！

確かに、最近はイライラすることも鬱々とすることもなくなった。

ちょっとした習慣の変化がもたらす気持ちの変化。走るようになったことで身体が軽くなり、気持ちまで軽くなっていた。そして、「パパは、いつ次の大会に出るのかしらね？」と、沿道で大樹と一緒に雄太郎を応援する日を心待ちにするようにもなっていた。

あかりは平日の昼間に走り、雄太郎は週末に走ることが暗黙の了解だったので、決して一緒に走ることはなかった。しかし、あかりは一人で走りながら雄太郎のことを思った。走ることを通じて、あかりは以前よりずっと夫を身近に感じるようになっていた。

走りはじめて三ヵ月ほど経った新緑の頃だった。

「再来週の土曜日、職場の仲間と駒沢公園を走る計画が持ち上がっているんだけど、よかったら君も一緒に走らないかなあ……と思って」

雄太郎から突然誘われた。

「絶対無理よ。みなさんと一緒に走るなんて。速くもないし、体力もないし。雄太郎さんにも、みなさんにも迷惑をかけるといけないから遠慮しておく。大樹だっているし」

突然のことで面食らったが、雄太郎からの誘いは嬉しかった。

だからといって、いつもマイペースで走っているあかりにとって、雄太郎の職場の人と一緒に走るのは正直気が重かった。本格派のランナーたちが練習する駒沢は場違いのような気もしたし、気後れもした。

「ほかにも子どもを連れてくる仲間がいて、走っている間、ちゃんと面倒を見てくれることになってるから、大樹のことは心配いらないよ。それに、駒沢は一周2キロちょっとの周回コースだから、それぞれのペースで走ればいいし、ウォーキング参加の人もいるから、キツくなったら歩けばいい。職場のみんなも君に会うのを楽しみにしてるんだ」

「えっ、どういうこと？　私に会うのを楽しみにしてるって」

あかりは、耳を疑いつつ確認した。

「特に意味はないよ。ただ、僕の奥さんがどんな人か興味があるんじゃないかな？」

「やだ、すごいプレッシャー。余計、参加できないわよ」

「どうして？　別に君に何かを期待してるわけじゃないだろ」

「そうだけど……。雄太郎さんは恥ずかしくないの？　私が一緒に走っても」

「だから、何で？　ただ、一緒に走るだけだよ」

確かに、こういうのを自意識過剰って言うんだろうと、あかりは思った。

「そうね……。ただ走るだけよね。でも、やっぱりやめておく。私にはみなさんと一緒に走るなんて絶対無理だから」

「じゃあ、大樹と一緒に遊んで待ってればいいさ。それで、走りたくなったら合流すればいい。一人で走るのもいいけど、仲間と走るのもいいものだぞ」

仲間……。仲間と一緒に走る。悪くないかもしれないと少しだけ思った。

「様子を見て、気が向いたら参加しようかしら……。歩いてもいいのよね」

「もちろんだよ。大樹、次の次の土曜日、パパとママが公園を走っている間、パパの会社の人の子どもたちと遊んで待ってられるよな」

「うん、だいじょうぶだよ」

「だから、まだ走るかどうかわからないって言ってるでしょ」

あかりは、そう答えた自分の声が弾んでいるのがわかった。

新緑が目に眩《まぶ》しい五月中旬の土曜日の午前十時。

駒沢のトレーニングルーム前に、雄太郎の職場のランニング仲間とその家族が集合した。雄太郎と大樹はお気に入りのサッカー日本代表のユニフォーム、あかりは東京マラソンの翌日に買ったスカイブルーのランニングウェアを着ていた。

ランニング参加者は、雄太郎と同僚の尾崎さんと後藤さんと島田さん。そして、尾崎さんの奥様。ウォーキング参加者は後藤さんと島田さんの奥様の二人。走らないにもかかわらず、小学二年生の健太《けんた》君と幼稚園の年少の寛太《かんた》君と一緒に参加した山上さんご夫婦が、大樹と一緒に遊んで待っていてくれることになっていた。

「大樹、山上さんの言うことをよく聞いて、健太君と寛太君と仲良くするんだぞ」

「はーい。パパとママもがんばってね」

年長さんになった大樹は親が案ずるよりずっとしっかりしていた。

（……って、私も大樹と一緒に遊んで待っているんじゃなかったの？）

あかりが雄太郎に言おうとしていたまさにそのとき、

「私たちはのんびりついていくので、お手柔らかにお願いします」と、島田さんから声を掛けられた。

「妻も走りはじめて間もないので、よろしくお願いします」

雄太郎があかりに代わって答えた。

「だから、私は大樹と遊んで待っている……」と言いかけたとき、雄太郎がみなさんに声を掛けた。

「じゃあ、そろそろいきましょうか。一時間後にトレーニングルーム前集合ということにして、それぞれのペースで自由に走りましょう。ちなみに一周約2・1キロです」と。

ゆっくり走りはじめた雄太郎のすぐ後ろを尾崎さんご夫妻、そして後藤さん、島田さんの順に続く。あかりもそんな流れに乗らないわけにいかず、島田さんのすぐ後から追いかけた。振り向くと、後藤さんと島田さんの奥様二人も歩きはじめていた。

尾崎さんご夫妻は、二人揃って何度もフルマラソンに出場している本格派。雄太郎同様、サブ4を目指して、日頃から走り込んでいるということだった。

「一人だとつい怠《なま》けてしまうので、こういう機会は本当にありがたいですよね」

「健康診断でメタボ気味だと言われてはいるものの、一人じゃ長続きしませんから」

島田さんと後藤さんは、健康のために走りはじめてまだ三ヵ月。あかりと同じ初心者ランナーだった。

2・1キロの周回コースの一周目はウォーミングアップを兼ねた脚慣らし。六人が一列になってスローペースで走った。普段は自宅近くを一人で走っているあかりにとって、多くのランナーに混じってランニングコースを走るのははじめてのことだった。ときどき、すごい速さの集団に追い越されるが、そんなことも珍しくて楽しかった。

一周目を走り終えトレーニングルーム前に戻って来ると、雄太郎と尾崎さんご夫妻がピッチを上げた。あかりは後藤さんと島田さんと三人で、会話をしても苦しくないスローペースのまま二周目に突入した。

走りながら、島田さんと後藤さんが話す職場での雄太郎の様子に耳を傾ける。そして、おっとりしていると思っていた雄太郎が、職場では面倒見のいい親分肌であること、どんな立場の人にも分け隔てなく誠実に接するため、職場の誰からも信頼されていることを知る。

そして、東京マラソンの日、島田さんと後藤さんは職場の人たち数人と一緒に、市ヶ谷、日比谷、築地の三ヵ所で雄太郎を応援してくれたことを、そのときはじめて知った。しかも、「渡辺雄太郎、がんばれ」の幟まで作って、メガホンを持って。

「せっかくの日曜日なのに。みなさんが応援をしてくださったなんて知りませんでした。渡辺もきっと嬉しかったと思います。本当にありがとうございました」

あかりは、二人にお礼を言った。

「渡辺さんは『わざわざ来なくていい』って言ってたんですけど。『わざわざじゃなくて、好きで行くんだ』って言ったら、『じゃあよろしく』って照れていました。渡辺さんが普段から走り込んでいたのを職場のみんなも知ってましたから、どうしても応援したかったんですよ。島田さんなんて、大声出し過ぎて翌日、笑っちゃうほど声がガラガラでした」

あかりは、沿道から大声で叫んでいた応援団がそこかしこにいたことを思い出した。

「そんなに大声で応援してくださったんですか」

「はい、興奮し過ぎました。でも、渡辺さんの走る姿を見たら、大声を出さずにいられなくなって。こっちが励まされましたよ。あの日は」

「そう言っていただけると、私も嬉しいです」

確かに、沿道から声援を贈る応援団の方がランナー以上に張り切っていた。お目当てのランナーを見つけたときの大声援も印象的だった。

「35キロ地点の築地を予想時刻より五分も早く通過したときは興奮しましたよ。苦しいときでも踏ん張れるのが渡辺さんらしいなあって」

後藤さんが東京マラソン当日を思い出すように言った。

「ホント、あのときはしびれました。30キロ過ぎてからピッチを上げるところに、渡辺さんの生き方の姿勢が表れている気がして……。職場でもいつもそうなんですよ。日頃の努力によって蓄えられていた力をいざというときに発揮するみたいな底力があるんです。渡辺さんには」

「底力ですか？」

あかりは島田さんの言葉を繰り返した。

「そうです。しかも、人と競ったり、強引なやり方でねじ伏せるみたいな力じゃないんです。コツコツと積み上げてきた成果が自然に表れて、終盤ペースダウンしてきたランナーを次々に抜いていくみたいな渡辺さんの生き方には、みんな一目置いているんですよ」

「そうですか。家では会社の話を一切しないもので。東京マラソンの日も、みなさんが応援してくださったなんてひと言も。それに……、確かに予想時刻より五分ほど早く豊洲を通過しましたけど。それってそんなにすごいことなんですか？」

あかりが確認するように、島田さんに訊いた。

「はじめてのフルマラソンなのに、キロ六分ペースに設定して、終盤で六分を切るペースに上げるってなかなかできませんよ。多くのランナーが終盤に失速するんですから。当選してからは、かなり走り込んでいたんじゃないですか？」

「そうですね。あきれるくらい。おかげで洗濯が大変でした」

あかりが笑いながら答えた。

「そうでしょうね。でも、渡辺さんの雄姿を見たことで、私も後藤さんも走りはじめようと思ったんですから、東京マラソン恐るべしですよ」

この日、雄太郎と尾崎さんご夫妻は一時間で五周の10・5キロ。あかりは、島田さんと後藤さんと一緒に四周8・4キロ走った。二周目に入るとき、ウォーキング参加の島田さんと後藤さんの奥様二人が子どもたちを誘って一緒に歩いてくれたため、途中で二回ほど、大樹を含むウォーキング凸凹チームを抜き去った。

「お先に！」

凸凹チームの脇を通過するとき、「ママ、がんばれ」と大樹から声援が飛んだ。

「ありがとう」と応えながら、声援がちょっぴり照れくさくて、すごく嬉しいことを、あかりはそのとき知った。

（きっと、『パパ、がんばれ』の声援も嬉しかったんだろうなあ）

東京マラソンの日、大樹の声援に応えて走り去っていった雄太郎の背中を思い出した。

出向して一年三ヵ月あまり。相変わらず、家では言葉少ない人だったが、島田さんや後藤さんの話から、雄太郎が今いる場所で全力を尽くしていることはわかった。

走りはじめなければ、雄太郎の職場の人たちと一緒に走る機会もなかっただろう。走りはじめなければ、職場での雄太郎の様子を聞くことも、職場のみなさんが沿道で応援してくれたことを知ることもなかっただろう。

帰りに立ち寄ったファミリーレストランでも、雄太郎は楽しそうだった。職場のみなさんのことを「仲間」と呼んでいたことが印象深かった。「価値観も人それぞれだ。勝ち負けも捉え方次第でどっちにもなる」と言っていたことを思い出した。

駒沢からの帰り、地下鉄の中の雄太郎はいつもより饒舌《じょうぜつ》だった。

「みんな、自分が作る部品に誇りを持ってるんだよなあ……。だから、同僚や上司に対して疑心暗鬼になることもないんだと思う。物づくりの現場独特の熱さがあって前よりやりがいを感じてる。島田さんが中心になって開発中の新しい部品も、みんなで力を合わせて成功に導こうっていう気持ちが社内に溢れてるしね」

「あのね、ケンタくんと、なつやすみにプールにいくやくそくしたんだよ」

大樹が雄太郎の話に割って入った。

「そうか、それは楽しみだな」

心地良い疲れを感じながら、東京マラソンの日、フィニッシュラインに向かって走り続けていた夫の背中をあかりは思い出していた。大樹にせがまれて行った応援が、あかりに小さな変化をもたらした。

駒沢から戻るとすぐ、同期の平山貴子にメールを送った。

《本文》 小野寺かすみさんから『昨年末に会社を辞めた』と聞いたんだけど、すごく気になってます。何があったのか、貴子は知ってますか？

あかりは、東京マラソンの日、偶然再会した小野寺かすみのことがずっと気になっていた。再就職活動は上手くいっているのだろうか、その後どうしているだろうかと。

貴子からの返信は早かった。

《本文》 私も驚いて、小野寺さんと同期の亀山千秋さんに聞いたんだけど、あかりのときと同様、ひどいものよ。メールだと長くなるから、十分後に電話するね。

貴子の話を要約すると、コツコツと実績を積んできた小野寺さんが四月一日付で女性初の部長に昇格するという噂が社内に広まると、それを疎ましく思った輩《やから》がある事ない事を社長にご注進。それを真に受けた社長が激怒して柳沢に指示。柳沢が指示通りに小野寺さんを退職に追い込んだということだった。

まさに、予想通りの下らなさ。

あかりが辞めてから早六年あまり。会社は何も変わっていなかった。

さらには、結婚後も、出産後も仕事を続けている亀山さんが、この二十年ずっと執拗《しつよう》な退職勧奨を受け続けているというおまけの情報つきなのだから、開いた口がふさがらないどころか、顎《あご》がはずれそうになるほど呆れ果てた。

貴子は、「明日は我が身。ここで仕事を続ける術《すべ》は、できるだけ目立たず、できるだけ昇格せず、下手に好成績を上げないことなのよねえ。あーあ、夢も希望もありゃしない」と、大きくため息をついて電話を切った。

（この恨み、絶対晴らしたい。でも、どうやって？）

翌日から、あかりの走る距離はどんどん延びていった。走らずにはいられなかった。

第3章
人寄せパンダのプライド

残業を終え、午後十時過ぎに家に辿り着いた。

いつも通り、どこからも「おかえりなさい」の声は聞こえてこない。

居間に入るとまず目に飛び込んできたのは、脱ぎ散らかしたワイシャツと靴下。そしてスーツとネクタイ。三十歳のとき大学の同級生だった亀山康介《こうすけ》と結婚してまもなく二十年、人は変わらないものだとつくづく思う。そもそも変わる気がないのだろう。こういうことは妻、千秋の仕事だと何の疑いもなく思っている。

高校三年の長男康平《こうへい》は、まだ塾から帰っていない。中学三年の次男隆平《りゅうへい》はソファに寝転んでゲームに没頭している。

「パパは？」

「もう寝た」

「シャワー浴びてた？」

「さあ……」

会話は最低限。

次男だけではない。夫とも長男とも、しばらくゆっくり会話をした記憶がない。

結婚前からずっと、康介は「互いに干渉せず、適当な距離を保って暮らすのが家庭円満の秘訣」なんてもっともらしいことを言い続けている。千秋は「そんなセリフは、自分のことは自分でしてから言ってほしい」と思っている。でも、それを言わずに妻業を続けてきた。

夫の靴下やワイシャツを拾いながら、「家族って、家庭って、仕事って何なんだろう？」なんて考えていると、

「そこに進路調査の書類があるから、保護者記入欄のところに書いてくれる」

次男がソファに寝転んだままテーブルを指した。

「そういうことはパパに頼みなさい」

夫のスーツをハンガーに掛けながら千秋が答える。

「さっき、オヤジに頼んだら、そういうことはママに頼みなさいって。それから、宅配便の不在通知がポストに入ってたから、再配達の連絡しておいてくれって」

「宅配便……？」

テーブルの上に無造作に置かれている進路調査の書類と不在通知を見る。

「何なのこれ、ゴルフショップからじゃない。何でパパのゴルフ用品の再配達の連絡を私がしなきゃいけないの」

「俺じゃないって。オヤジからの伝言だってば」

こんなやり取りは日常茶飯事。

家でも会社でも、千秋の日常のほとんどは、こうした些末《さまつ》なことに対応する時間で占められている。

後輩の女性たちからは、「亀山さんは憧れの先輩です」なんて言われることもあるけど、憧れの先輩は身も心も疲れ果ててボロボロだということを誰も知らない。

それはそうだろう。

入社案内には、「営業管理部の亀山千秋さんは、結婚して出産をしても仕事を続けています」なんて紹介されているし、入社説明会にも毎年、社内で活躍する女性社員の代表として駆りだされるのだから。

だからといって、テレビや雑誌などで紹介される「大手銀行初の女性支店長」や、「大手損保初の女性取締役」などとは月とスッポン。

「単なる人寄せパンダ」

人事の柳沢が陰で千秋のことをそう呼んでいることは百も承知の上で、その役割を引き受けてきた。

千秋はそれも組織で生き残る術のひとつだと割り切り、人寄せパンダも芸のうちだと自分に言い聞かせ、会社にも人事評価にも期待せず仕事を続けてきた。

男女雇用機会均等法が施行されて四半世紀以上経つというのに、マスコミで取り上げられるような活躍をしている人はほんの一握りどころか、一つまみにも満たないであろうお粗末な現実。小野寺かすみや亀山千秋と同期入社の女性の多くも、すでに退職し、会社を去ってしまっている。

千秋たちの世代だけではない。

仕事を続けたくても続けられなかった女性は、続けている女性よりずっと多い。

千秋は、小学六年生のとき、父を癌《がん》で亡くした。

千秋の母は、保険の外交員をしながら女手ひとつで千秋と弟の二人を育て上げた。そんな母の背中を見て育ったせいだろうか、人は喰っていくために働くもの、仕事をしなければ喰っていけない。仕事は生業だと子どものころからずっと思っていた。

だから、千秋にとって、結婚しても出産しても働き続けることは至極当たり前のことだった。社内で活躍する女性社員のロールモデルになりたいと思ったことなど、一度もない。

輝きたいわけでも、出世したいわけでもない。

働くことイコール生きること、だから仕事を続けてきた。

結婚して早二十年。自分のことは常に後回し。仕事、子育て、家庭中心の生活を送ってきた。必死に走り続けてきたはずなのに、満たされるどころか、虚しさが募るばかり。悶々《もんもん》とする日々が続いていた。

そんなとき、同期の小野寺かすみから、会社を辞める決心をしたと聞かされた。かすみは人事からの退職勧奨を受け入れ、会社を去る道を選んだ。

心穏やかでいられるはずがなかった。

人事部長の柳沢正からの執拗な嫌がらせと侮辱に二十年耐え続け、一ヵ月前の止《とど》めとも言えるえげつない退職勧奨を拒否してまで居座ると決めた千秋にとって、かすみは戦友であり、心の拠《よ》り所であり、入社以来の親友だった。

千秋も、二十代のころは希望を抱いていた。総合職として入社し、これからは男女分け隔てなく仕事の機会が与えられると期待もしていた。だから、残業も徹夜も厭わず働いた。二十年後、三十年後を思い描き、将来のためになればとどんな仕事も引き受けた。

でも、そんな期待はあっという間に打ち砕かれる。

康介と結婚し、会社に結婚届などの書類を提出した直後からはじまった退職勧奨。法律ができ、制度が整っても、人の意識が変わらなければ組織は変わらないことも、法律や制度は意味をなさないことも嫌というほど思い知らされてきた。

次期人事担当役員と噂されている柳沢は、千秋やかすみたちの五期上の入社。年齢もたった五つしか違わない。二十年前、千秋が三十歳で結婚したとき、柳沢はまだ三十五歳かそこらの係長だった。にもかかわらず、結婚、出産後も仕事を続ける千秋に威圧的な態度を取り続けた。

何が柳沢を駆り立てるのか。

そのころから、柳沢は自分の力を誇示することに異常なまでの執念を燃やしていた。それが、出世のためなのか何なのかはわからないが、弱い立場の社員に向けた態度には特にそれが表れていた。出産・育児休業を二度取得した千秋は、そんな柳沢の絶好の餌食《えじき》。人事異動や査定の時期が近づくたびに会議室に呼び出された。

長男の出産を控え、出産・育児休業の申請をした直後は、

「はじめての出産、育児はさぞたいへんなことでしょうね。大企業にお勤めのご主人がいらっしゃるのだから、亀山さんが無理して仕事を続けることもないと思うのですが」と嫌味を言われた。

育児を買って出てくれた母のサポートもあって、長男出産三ヵ月後に職場復帰すると、「子どもは母乳で育てた方がいいって言うのに、もう復帰とは驚きましたね。来月の人事異動では亀山さんは人数に入っていませんでしたから、正直、こんなに早く復帰されても、人事としても困るんですよ。と言っても、そもそも戦力外ですから、人数に入れる必要もないんですけどねえ」と、『渡る世間は鬼ばかり』もびっくりのセリフが飛び出してきた。

さらには、三十五歳で次男を出産し、同期より二年遅れで係長に昇格した三十七歳のときは、「実を言いますと、二度も出産・育児休業を取得した亀山さんが係長になることに難色を示す人もいましてねえ……。確かに、亀山さんは係長になるだけの実力もありませんし、貢献もしてもらっていませんから、そうした意見が出るのも致し方ないとは思うんですよ、私も……。ただ、人事としては、入社案内に登場してもらう手前、役職がないっていうのも世間的に体裁も悪いので、亀山さんの係長手当は広報宣伝費だと割り切るしかないだろうと判断したわけですよ」とか何とか、人のプライドを傷つけることを平然とのたまっては悦に入っていた。

どれだけ性根がひん曲がっているのだろう。

ハイヒールの先で、思いっきり向う脛《ずね》を蹴飛ばしてやりたいほど腹が立ったが、こんな奴を相手にしても仕方ないと思い直し、「広報宣伝費が無駄にならないよう、精いっぱい人寄せパンダの役割を務めさせていただきます。何でしたら、名刺の役職のところを、『係長』ではなく『人寄せパンダ』としていただいても、私は一向に構いませんが」と切り返して、会議室を後にしたこともあった。

誰が柳沢を操っているのかは知らないが、組織の思惑や利害が絡んだときの人間ほど幼稚で恐ろしいものはない。一個人としては到底できないであろう愚劣なことも平気でやってのける。

ただ、最近は腸《はらわた》が煮えくり返るのを抑え、そんな柳沢を哀れに思うほど客観視できる余裕も出てきたのだから、どんな経験も肥《こ》やしになるということなのだろうか。

出世のためなら何でもする人たちの攻撃をまともに受けたら犬死するだけ。結婚後、二度の出産・育児休業を取得しても尚働き続けるうちに、自分の気持ちとの折り合いの付け方も、組織に蔓延《まんえん》する人事抗争という細菌に対する免疫力も確実に上がっていた。

時代は変われど、人の意識はそう簡単には変わらない。

まじめにコツコツ働き続けたかすみが、クライアントからの指名でプロジェクトのリーダーになったときも、柳沢は、「小野寺さんはどんな手を使ったんでしょうかねえ」なんてエレベーターで聞こえよがしに話していたのだから、開いた口がふさがらない。

だからといって、手を抜いたら女がすたる。たとえ、報われなくてもがんばるくらいの意地は女だって持っている。出世より何より、力を発揮できる機会があれば、そこでやるべきことに全力を尽くす。

小野寺かすみは、分厚く強固なガラスの天井があることを承知の上で、すべてを飲み込み、全力でプロジェクトを成功に導いた。そして、そのころから、かすみが女性部長の第一号になるのではという噂が社内に広がりはじめる。

当人が望むか否かにかかわらず、長く勤務し、管理職の対象年齢に達するころになると、ときとしてポジション争いに巻き込まれることがある。そして、身に覚えのない噂や誰でも起こし得る小さなミスを、ここぞとばかりに攻撃する輩が現れる。そして、地味で堅実で目立つことが嫌いなかすみが、そんな輩のターゲットになった。

柳沢に呼び出され、退職勧奨された翌日、かすみは退職すると決めてしまう。

「辞めたら、会社の思うつぼだよ」

千秋は必死に引き留めた。

入社以来、苦楽を分かち合ってきたかすみが会社からいなくなるなど、千秋には考えられなかった。「好きだった仕事を嫌いになりたくないから退職する」というかすみを、千秋は「そんなのきれいごとだ」と責めずにはいられなかった。

でも、かすみにはかすみなりのプライドがあり、彼女は、それを貫いた。

かすみが退職を決めた三ヵ月ほど前の九月初旬ごろから、五十歳以上の社員を対象に水面下で退職勧奨がおこなわれる予定だと噂されていた。

中間決算で赤字転落が決定的になったことによる人件費のカットがその理由らしいが、そもそも社員の反対を押し切って新規事業に参入した経営トップと、それを黙認した経営陣の判断ミスが原因だというのに……、である。

結婚して二十年、何度も何度も退職を迫られたことがある千秋は、誰よりも免疫力がついていた。だから、柳沢から何を言われても耐えられるほどの強力な抗体を備えている自信があった。どんな攻撃をも迎え撃つ覚悟はできていた。

ひさしぶりに早く帰って来た夫の康介に、退職勧奨がおこなわれていることを伝えると、

「えっ、本当なのか？　まだ家のローンが残っているっていうのに……。二人とも定年まで働くつもりで設定したローンなんだけど」なんて、千秋の気持ちより、ローンの心配をした。

それも康介らしい。そもそも、そんなことに傷つくほど軟じゃない。結婚して二十年。いい意味で、千秋はしぶとくなっていた。

「大丈夫よ。今更何を言われても動じないつもりだから」

「でもなあ、最近の退職勧奨はえげつないって言うじゃないか。仕事を続ける意欲を奪うようなことを平気でやるみたいだから」

「相手がどんな手で来るのか楽しみなくらいよ」

「マジで？」

　さすがの康介も驚き、苦笑いをした。

　十月に入ると、退職勧奨は実行に移された。

　そして、一人、また一人と社員が会社を去っていった。

　戦々恐々とする五十歳以上の社員たち。踊り場や給湯室でヒソヒソと情報交換をし、仕事への意欲が低下し、社内が疑心暗鬼に包まれていく。

と、会社の行く末に不安を募らせた若手社員の中には、自らの意志で退職していく者も出はじめた。三十五歳以下の優秀な社員までもが、早々に転職先を見つけ、会社に見切りをつけて去っていった。

　会社を辞める辞めないは人生の一大事。生業を失い、収入が絶たれれば、家族を巻き込み、子どもの将来にも大きな影を落とす。それなのに、会社は一人一人の社員の人生などお構いなしに、長年勤めてきた社員をまるで紙屑のように放り出した。

　そして十月中旬、ついに、千秋の番がやって来た。

　人事部のフロアにある指定された会議室に入っていくと、予想通り、人事部長の柳沢と担当役員の西條が能面のような顔をして座っていた。

「おひさしぶりですね。西條取締役、柳沢部長。ごきげんいかがですか？」

　千秋は二人の目を正面からしっかり見て、まずあいさつをした。

一瞬、驚いたような顔をした柳沢は、すぐに冷静さを取り戻し、「おかげさまで、特に変わりなく」と答えた。西條は、いつも通り、何も言わずただ座っているだけ。

「何か、ご用ですか？　忙しいので、用件は手短にお願いします」

柳沢が話し出す前に、千秋は打って出た。

「そうですか。では、早速。実は今、来年度の人事について社内で調整をしているところなんですがねえ。残念ながら、亀山さんにやっていただく仕事がありませんで、どうしたものかと困っておりまして」

待ってました。想定内だった。

「柳沢部長、何を今更仰《おっしゃ》っているんですか？　私は、だいぶ前から人数に入っていなかったんじゃありませんでしたっけ？　今まで通り、遊軍扱いで配属していただければ、どんな部署でも、どんな役柄でも、たとえば、パンダでも、狸《たぬき》でも、狐《きつね》でも、私は精一杯やらせていただきますが」

「……。ですから」

柳沢の声がひっくり返った。

「ですから、何ですか？」

千秋はちょっとキツい口調《くちよう》で質問した。

柳沢の目が泳ぐのを千秋は見逃さなかった。

「いままでならまだしも、遊軍を受け入れてくれる部署など、もはや会社のどこにもないということですよ。亀山さんを受け入れてくれる部署がなければ、仕方なく人事部付ということもありますし、アルバイトと同様の仕事を、アルバイト待遇でやっていただくこともあり得るということを申し上げているんですけど、おわかりですか？」

　柳沢は早口で一気にまくしたてた。

　千秋は怒りを通り越して可笑しくなった。

「たいへんよくわかりました。でも、五十歳を過ぎたアルバイトは、かなり使いにくいと思いますけどね。西條取締役」

　西條は貧乏ゆすりをしながら、窓の外に視線を逸らした。

　柳沢も然ることながら、この西條という男には、ホトホト呆れ果てる。何が認められて役員になったかは知らないが、何のために口がついているのかわからないほど、いつもダンマリを決め込んでいる。

　朝は十時過ぎに出社し、会議以外のときは、デスクで居眠りをしているか、本を読んでいるか。しかも、業務とは全く関係ない書籍代まで会社の経費で落とすほどのケチでしみったれ。そして、五時になると、誰よりも早く会社を出ていくともっぱらの噂。

　新入社員何人分に相当する役員報酬をもらっているのかは知らないが、まさに人件費の無駄遣い。にもかかわらず、こういう輩は決してリストラの対象にならないのだから、組織というものは奇々怪々で矛盾だらけだ。

「たとえ、どんな処遇であっても、私は会社を辞めるつもりはありません。ただ、アルバイト待遇に降格された場合は、法律に則《のっと》ってそれなりの対応をさせていただくかもしれませんので、その辺はご承知おきください」

千秋は自分の意志をしっかり伝えた。さらに、

「万が一、人事部付のアルバイトになった暁《あかつき》には、西條取締役と柳沢部長のお茶淹《い》れもすべて私がやらせていただきます。雑用歴二十年、お茶の淹れ方には絶対の自信を持っておりますので、楽しみにしてください。もちろん、お茶の中に雑巾《ぞうきん》を絞ったり、毒を入れたりなどしませんので、どうぞご安心を。用件はそれだけですか？　お済みでしたら、忙しいので、これで失礼します」と言うと、一礼して会議室をあとにした。

そして、すぐにかすみのデスクに直行した。

「千秋って、いざとなると度胸あるわよね。二人の顔が見たかったわ」

「免疫もあったし、誰よりも抗体ができてたからね。だって、退職届に無理やり署名押印させることはできないわけだし。こうなったら、どんな待遇になっても居座って、『家政婦は見た！』みたいに、『古参の女性社員は見た』を実践してやるわよ」

どんなことがあっても、ここに留まって、最後まで柳沢たちのこれからを見続けようと千秋は思った。見続けるのが私の仕事。そうでもしなければ、この二十年の間に積もり積もった恨みを晴らすことはできなかった。

かすみがいればがんばれる。

千秋は気持ちを切り替えた。

それなのに、一ヵ月後、退職勧奨を受けたかすみは辞めることを選択してしまう。

かすみが退職届を提出した日。

千秋とかすみは二人だけでささやかな祝杯を挙げた。かすみの選択が間違っていなかったこと、かすみの前途に希望があることを願うしか、その日の千秋にはできなかった。

その晩、酔った勢いで二人はいろいろな話をした。

「千秋、無理してない？　それとも、恰好つけてる？　雑誌で取り上げられるような理想の家族や夫婦、働く女性を目指しているのかもしれないけど、そもそも、すべてを手に入れても、満たされることなんてないんだから、そんなにがんばることないのよ」

普段はオブラートに包んだ物言いをするかすみが、直球を投げてきた。

「恰好つけてなんていないわよ。家でも会社でもご存知の通り雑用係。恰好良くないなんてことは、私自身が一番良くわかってる」

「でも、人事の思惑がわかっていながら、どこかで、目指す自分っていうのか、そうありたい自分を演じてるんじゃない？」

自覚しているだけに、耳が痛かった。

「確かに、人寄せパンダって言われているのがわかっていて、それを演じているわよ。でも、それって恰好つけてるってこと？　逆よ。道化以外の何ものでもないわ」

「道化ねえ……。私には、多少見栄《みえ》を張ってるようにも見えるけどなあ。その点、負け犬は見栄を張る必要もなし。地道に働ける場所があればそれで良しって思ってた。でも、そんな場所さえ今まさに奪われたわけだから洒落にならないけどね」

千秋にも、本当はかすみが辞めたくないことはわかっていた。

「だから、辞めちゃだめだって言ってるのよ」

「でも、もう決めたことだから」

かすみは自分に言い聞かせるようだった。

「わかった。もう、それは言わない」

いつもよりピッチが速い。あっという間にワインボトルが空になった。

「ところで、かすみは見栄を張ったり、恰好つけたりしないの」

千秋が聞いた。

「強がっているだけで精一杯。そんな余裕なんてないわよ」

「えっ！　かすみ、強がってるの？」

淡々と生きていると思っていたかすみが、強がっていたことを千秋はこの日はじめて知った。

「当たり前でしょ。強がるか媚《こ》びるかしなきゃ、男中心の社会や組織じゃ生きてなんていけないわよ。私は媚びることができない性分だから、強がるしかなかったってわけ」

「確かに、そうね。何らかの鎧《よろい》を身にまとわなきゃ生きていけないもんね」

「恰好つけるか、見栄を張るか、強がるか、媚びるか。女が仕事を続けるには、いずれかの着ぐるみを着なきゃいけないのよ」

着ぐるみと表するところが、かすみらしい。

「鎧なんて勇ましいものじゃなくて、着ぐるみか……」

千秋が深くため息をつきながら言った。

「女性は、未《いま》だに鎧を身に着けて闘う機会さえ与えられないのよね。仕方ないから、着ぐるみを着て、着ぐるみの下で涙を流してもそれを隠して生き延びるしかなかった。この四半世紀」

「ウチの夫も……、出世願望の強い人だから、会社ではデキる女と仕事したいみたい。ときどき、『今度、部下になった女は頭の回転が悪くてイライラする。アイツのせいで俺の出世が遅くなる』なんて、のたまわってるわよ。そのくせ、家の仕事は全部私に押しつけて。彼が女性に何を求めているかは、正直、未だにわからない……。ましてや、男としての夫が女である私に何を求めているかはまったくの謎」

「千秋は優等生なのよ」

「優等生じゃないわよ」

「千秋は自分が思うよりずっとまじめで優等生よ。世間が求める理想の女性であろうとしてがんばり過ぎてる。それじゃ疲れるでしょ。本当にお疲れ様でございますって感じ」

「なんなの、その言い方。あーあ、今日はかすみのこと励ますはずだったのに。ごめんね。何もできなくて」

言い返しながら、千秋は思った。

こんなことを言い合える唯一《ゆいいつ》の友人が、もうすぐいなくなるんだと。

「ううん、いてくれるだけでいい。友だちって、そういうものよ。今日みたいなキツいときに一緒にご飯食べてくれるだけで十分。千秋には本当に感謝してる。入社以来四半世紀、本当にお世話になりました。千秋がいてくれたから、いままでがんばれたと思う。本当にありがとう」

「やだー、そんなこと言わないで。今日は泣かないって決めてるんだから」


陰となり日向《ひなた》となり会社に貢献してきたかすみは、同僚たちの人望も厚かった。入社以来、査定もずっとAランク。むずかしいプロジェクトを成功させ、直属の上司もクライアントもかすみを正当に評価していた。

「直接仕事をしてた現場の人たちからはある程度評価されてたみたいだけど、社長にはかなり嫌われてたみたい。柳沢に言われたの。『社長がご立腹でしてねえ。小野寺さんにはすぐにでも辞めてもらえって何度も仰るんですよ』って」

「何それ」

退職勧奨の理由が「社長がご立腹で」とは、さすがの千秋も呆れ果てた。

「呆れるでしょ。理屈が通じない相手ってホント質《たち》が悪い……」

天を仰《あお》ぎながらかすみが言った。

「確かに、ウチの社長、理性の欠片《かけら》もないからね」

千秋も頷《うなず》くしかなかった。

「経営トップが感情でしか物事の判断ができないなんてお笑い種《ぐさ》だと思わない？　そんな奴が会社の舵取りをしていて、それに翻弄《ほんろう》されてるから、最近、社内が気持ち悪いのよ。奴にとって、会社も社員もどうでもよくて、自分さえよければそれでいいのよ。だから、自分を持ち上げて気持ちよくさせてくれる人だけ側に置いておきたいんじゃないかな。二十一世紀にもなって、大奥じゃあるまいし……」

かすみは、悔しさに代わる言葉をさがしているようだった。

「それこそ、辞めたら社長や柳沢の思うつぼじゃない。私は納得できない」

「思うつぼでも何でもいい気がしたの。あんな経営トップの下で働くこと自体が気持ち悪いっていうのかな。ここで働く意欲がゼロどころかマイナスにまで下降してしまって、これからも上昇する見込みないと思ったんだ」

確かに、ここで働く意欲を持ち続けるのはむずかしいと千秋も思った。

「でも、人生にかかわることなのよ」

千秋は確認するように言った。

「人生にかかわることだから決めたの」

「でも、私たちの年齢じゃ再就職はむずかしいわよ」

「わずかだけど蓄《たくわ》えもあるし、女一人何とかなる。もし、野たれ死んでも扶養家族がいるわけじゃないから誰も困らないしね」

千秋には、かすみが強がっているのがわかった。

「そういう事じゃないって。かすみは潔《いさぎよ》過《す》ぎるんだよ」

「私は千秋の方がずっと強くて賢いと思うよ。千秋が会社に残る判断をしたことも心から尊重する。実はね、私、疲れちゃったの。組織の人間関係から解放されたいの。昨日読んだ本に『人間の脳みその中で一番疲れるのは人間関係』だって書いてあった。私、自分が思うよりずっと疲れてたみたい」

千秋は、かすみの今後が心配だった。

「かすみは、それで納得してるの？」

千秋が聞いた。

「納得はしてない。でも、辞めた方がいいような気がしたの。女の勘だけど……、その方が気持ちいい人生を歩めるような気がするのよ」

「気持ちいい人生か……。確かに、この会社は、最近、気持ち悪過ぎるからね」

「それに、いろいろ考えても埒《らち》が明かないから、考え過ぎずに直感を信じてみるのも悪くないかなって思ったんだ」

「女の勘ねえ……。わかった。私はかすみの勘を信じる。そして、ずっと応援する」

去るも地獄、残るも地獄。渡る世間は鬼ばかり。

会社という組織はトップ次第であっという間に腐り切ってしまう。でも、この経験は、きっと将来の糧《かて》になる。笑い話のネタにもなる。かすみと飲みながら笑い飛ばす日がきっと来る。

千秋はかすみの勘を信じ、自分自身の強《した》かさを信じることにした。

人生は、ケ・セラ・セラ。なるようになる。

そして、千秋は会社に残って、小野寺かすみの代わりに社長や柳沢たちを成敗することにした。大岡越前みたいに。


退職届を提出した一ヵ月後の十二月二十日を、小野寺かすみは退職日とした。「新しい年を、真っ新《さら》な気持ちで迎えたいから」という理由だった。

有給休暇がたっぷり残っているというのに、それを消化することもせず、すべての送別会をキッパリと辞退し、その日かすみは会社を去っていった。

かすみが会社を去る日、あまりに悔しくて、あまりに悲しくて千秋は出社することができなかった。退職の手続きを済ませ、会社を去っていくかすみを冷静に見送ることなど、できるわけがなかった。


千秋と夫の康介は大学のゼミ仲間だった。大学三年のときから付き合い出し、三十歳になったのを機に結婚した。三十二歳で長男康平を、三十五歳で次男隆平を出産しても会社を辞めなかったのは、若くして未亡人になった母の背中を見て育ったからだった。

康介は千秋が仕事を続けることに理解を示してくれた。

「これからの時代、女性が働くのは当たり前だし、それぞれに収入があることで自立した人生を歩めるし」なんてごもっともなことを言う一方で、「子育てや家事は一切しない」と宣言するなどの矛盾は抱えていたが、長い付き合いだった分、互いに期待せず一緒にいて楽な相手だった。

近くに住む母が全面的に家事と育児に協力してくれたことも大きかった。若くして夫を亡くした千秋の母は、女性が仕事をすることは自分や家族を守ることだと身に沁みてわかっていた。働き者の母にとって、孫の面倒を見ることも、家事を引き受けることも、苦ではない。それどころか、生きる張り合いができたとよろこんでくれた。

母のサポートがあったからといって、千秋が楽をしていたわけではない。

次男が小学校へ入学するまでは、毎朝五時半に起床。洗濯機を回しながらお弁当を作り、朝食の準備をした。

午前六時四十五分に子どもと夫を起こし朝食を食べさせる。子どもたちの洗顔に歯磨き、そして着替えをさせていると、七時四十五分に夫が家を出ていく。子どもがテレビを観ている間にお化粧を済ませ、八時十五分にやってくる母とバトンタッチ。

午前八時二十分に子どもを連れて家を飛び出し、保育園に送り届け、その後小田急線の経堂《きょうどう》駅までダッシュし、八時五十九分の電車に飛び乗る。代々木上原で乗り換えて会社がある赤坂には九時二十四分に到着する。始業時刻の午前九時三十分に間に合わせるために、ここでもダッシュ。

そして、仕事が終わると直ちに帰宅。母が下ごしらえをしてくれた夕食を仕上げて、子どもたちに食べさせる。

まるで、会社と家を往復するシャトル便のような毎日。家でも、常に何かをしていて、落ち着いてテレビを観る暇も、ゆっくり寛《くつろ》ぐ暇もなかった。

次男が小学校に入学するとお弁当作りと送り迎えからは解放されたが、熱を出したり、ケガをしたりと、会社を早退、遅刻することも少なからずあった。

柳沢は、しつこいほど勤務表をチェックしていた。

「育ちざかりの男の子が二人いると、しばしば緊急事態が発生するようですね」とか、「クライアントとの会食に参加できない人に、重要な仕事を任せることはできませんから、配属も限られて困ったものです」とか、これでもか、これでもかと嫌味を言われた。

当時、世間では、三十歳以上の独身女性は負け犬、結婚して子どもがいる女性は勝ち組と言われていた。でも、そんなことはどうでもよかった。

ただ、気持ちよく働き続けたい。千秋の望みはそれだけだった。


「ねえ、オヤジって不倫したことある?」

朝食の最中、中学三年になった次男の隆平が、突然、夫の康介に聞いた。

「えっ、何だよ、藪《やぶ》から棒に」

反射的に新聞で顔を隠し、康介は千秋の視線を遮《さえぎ》った。

「あるわけないだろう」

「同じクラスの中山のオヤジさん、不倫が見つかって離婚調停中なんだって。離婚調停中って離婚するってことでしょ」

「離婚をするかしないか話し合いを進めている……、そんなことどうでもいいから早く食べないと学校遅れるぞ」

「親が離婚したら一大事だって。中山の奴、行きたかった私立大学の付属高校に行けないかもしれないって落ち込んでるんだよね」

「ウチはそんなこと絶対ないから、つまんないこと言い出すんじゃない。さてと、俺《おれ》もそろそろ出かけるとするか……」

その朝、康介はいつもより二十分も早く家を出た。

「オヤジのうろたえ方尋常じゃなかったよな。やましいことでもしてるんじゃないの。お袋が忙しがって構《かま》ってあげないから、オヤジの奴さびしくて浮気してたりして。仕事はそこそこにしてオヤジのこと構ってあげた方がいいんじゃないの」

夫と次男が出かけたあとの食卓で、長男の康平が妙に冷静に言った。しかも、いつの間にか、長男も次男も呼び方が「パパ」ではなく「オヤジ」に変わっている。

その日は一日中、気持ちがざわざわして落ち着かなかった。

「仕事はそこそこにしてオヤジのこと構ってあげた方がいいんじゃないの」ですって。いい加減にしてほしい。そのまんまのセリフを、夫に向かって言ってほしいものだ。

夫だって私より仕事、私より子どもを優先させてきた。お互い、家では仕事の話はしなかった。いろいろあるのはわかっている。いいことばかりではない。会社の愚痴《ぐち》や不満を言い出したらキリがない。組織で働く者同士、仕事を持つパートナー同士、理解し合っていると思っていた。

でも、この日は、グラングランと気持ちが揺れた。

夫はもっと私に構ってほしかったのだろうか。浮気、いや、不倫をしているのだろうか。いままで考えもしなかったことを長男に指摘され動揺している自分に苛立った。万が一、浮気や不倫をしていたとして、私は夫を許せるだろうか。嫉妬《しっと》に怒り狂うのだろうか。

自分でも予想がつかなかった。

小野寺かすみが会社にいたころは、よく昼休みに家庭の愚痴を聞いてもらったのだが、かすみが退職してしまったあとの会社には、胆《はら》を割って話せる同僚など一人もいない。家庭でも、会社でも、満たされない思いを持て余していた。

「亀山さんは誰より恵まれているのに、不満を言ったり、それ以上何かを求めるなんて贅沢《ぜいたく》なんですよ」

何を言っても、こんな風に言われてしまう。

恵まれていると満たされているは、全然違うというのに。

かすみは、そのあたりをきちんとわかっていた。どんなときも、誰にでも、性別や年齢、役職やそれぞれの置かれた立場や環境に関係なく寄り添ってくれた。いつも相手の立場になって考えようとしていた。

そんなかすみを切り捨てた会社への不信感が、心のずっと奥の方に固く冷たい根雪のように降り積もっていた。

でも、辞めない。

私は絶対会社を辞めない。千秋はそれだけは決めていた。

かすみが退職したあとの会社で、千秋はすべての感情に蓋《ふた》をし、目の前の仕事に没頭した。長男の大学受験と次男の高校受験が重なっていたこともあり、あまりの忙しさであれこれ考える余裕がなかったことも幸いした。

そして、おかげさまでふたりとも第一志望のそこそこの学校に合格した。

傍《はた》から見れば、確かに恵まれているのだろう。ふたりとも、大きな病気やケガをすることもなく成長し、機嫌よく学校に通ってくれた。成績もそこそこなら、部活もそこそこがんばっている。特に秀《ひい》でたところもない。でも、案外自立していて、あまり手がかからなかった。

千秋が働いていたこともあり、康平も隆平も小さいころから自分のことは自分でする習慣が身に付いていた。夫の康介のように、靴下やワイシャツを居間に脱ぎ散らかすようなこともしなかった。

仕事を続けながら女手ひとつで子どもを育て上げた千秋の母も、決して孫である彼らを甘やかさなかったことも幸いし、自分のことは自分で決めて責任を取ることが当たり前になっていた。

長男の康平が「将来、農業をやりたいから農学部へ行く」と言い出したとき、夫の康介も千秋も驚いた。

自分の気持ちをはっきりストレートに表現する外向的な次男と違って、長男は小さいころから一人部屋でプラモデルを作ることが好きな内向的な子だった。思春期に入っても、友人とワイワイ出掛けるより、家で静かに過ごすことを好んだ。だから、工学部にでも進学し、技術系の仕事に就くのだろうと勝手に思っていた。外で土をいじっている長男の姿を想像することはできなかった。

「最近は、バイオや遺伝子みたいに、農学部も化学の分野と重なる部分も多いし、農学部出身者を求める企業も多いと思うから、それもいいかもしれないよな」

夫は長男の気持ちを確かめることなく、自分の都合の良いように解釈していた。

千秋は、「農業は苦労の割には報われない仕事だ」と思う一方で、「会社に勤めても簡単に切り捨てられる時代なんだから、農業もいいかもしれない」とも思った。さらには、大学の学部で将来が決まるわけではないにもかかわらず、長男の選択をすんなり受け入れられない自分がいて、心穏やかとは言えなかった。

次男の隆平は、「アーティストになりたい」と言い出し美大の付属高校に進学した。こちらは、まだ高校生なので、「好きなことをやればいい」と夫婦揃って静観の構えでいる。いずれにしても、二人が親の元を巣立っていくのは時間の問題。親離れ子離れを考える時期にさしかかっていた。

大学の入学式を終えると、康平は友人たちと一緒に、毎週末、千葉県館山市の藤原にある農家へインターンに行くと決めてきた。大学の先輩がUターンし、農業を営んでいるらしい。金曜日の授業を終えたら、友人たちとレンタカーで館山に向かい、農家の離れに寝泊まりして農作業を手伝い、日曜日の夜帰ってくるのだという。

そして、「お袋、うまいサラダの材料は俺に任せてくれ」なんていいながら、大きなリュックを背負って出掛けていくようになった。しかも、いつの間にか、「ママ」じゃなくて「お袋」に変わっている。

日曜日の夜、野菜をたんまり抱えて帰ってきた康平に、「ありがとう。でも、泥んこになった洋服は自分で洗濯するのよ。ママは一切やらないからね」と宣言してみると、「わかってるって。オヤジじゃあるまいし」なんて案外しっかりしている。そして、農家を営むご夫婦に教えてもらったというトマトのマリネやレタスの牡蠣《かき》油炒めをササッと作るようにもなり、秋になったら糠《ぬか》漬けに挑戦するとまで言い出した。

こんな長男の変化を目の当たりにし、結婚してからの二十年、常に自分のことは二の次だったことに改めて気付かされた。そして、息子たちの手も離れはじめたことだし、これからは自分中心の生活をしても罰《ばち》は当たらないだろうと思ったら、肩の力がスーッと抜けた。

ちなみに、四月に入ってすぐ大きな組織変更があったが、千秋は人事部付になることも、アルバイト待遇になることもなく、いままでと同じ営業管理部で、相変わらず「課長代理」なんて意味のわからない役職のままだった。

かすみが辞めて早五ヵ月。

木枯らしが吹いていた東京の街も、新緑が目に眩しい季節になっていた。

ときどきメールで近況報告をし合っているが、かすみの再就職活動は難航しているようだった。

「失業保険が出るうちは、少しのんびりすればいいのよ」と幾度となくメールをしてみたが、生真面目なかすみは働かずにいること自体にストレスを感じているようで、それが千秋には心配だった。

後輩で営業企画部の平山貴子から、「東京マラソンの日、六年前に結婚退社した島崎あかりが偶然小野寺さんに会ったみたいで、小野寺さんが退職したことを知って、とっても心配していました」と聞き、その旨《むね》をかすみに知らせた。

自分の意志で退職したと思っていた島崎さんが、柳沢からの退職勧奨で泣く泣く退職したことも、そのとき、平山さんから聞いてはじめて知った。

私たちよりひと世代下の島崎さんに対しても、結婚を機に退職を迫っていたとは、どこまで旧態依然とした会社なのだろう。千秋が、人寄せパンダと陰で言われているのを承知で、「結婚後も出産後も仕事を続け、活躍している女性」を演じてきたのは、あとに続く女性たちに同じような思いをさせたくなかったからだったのに、それさえも無駄だったとは情けないやら悔しいやら。

島崎さんは、小野寺かすみのことを、「自分と同じような理不尽な目に遭《あ》ったのではないか」と、とても気にしていたということだった。

そんなやり取りがきっかけになり、かすみと千秋、平山貴子と島崎あかりの四人で食事をすることになった。小さい子どもがいるあかりの都合を優先し、五月下旬の土曜日のランチ、場所は豊洲に住むあかりが外出しやすいようにと銀座にした。幹事は千秋が引き受けた。

千秋は、かすみとあかりへの手土産代わりにしようと、成敗したいであろう柳沢と西條の周辺調査を開始した。四半世紀以上会社にいると、たとえ、親友といえる人はいなくなっても、社内外にそれなりの裏人脈がある。古参の女性社員の腕が鳴る。人寄せパンダとして過ごした会社員人生は伊達《だて》ではない。


すると、興味深い情報が飛び込んできた。

業績不振の責任を取って、六月の株主総会で取締役が一新されるらしいと。

「もしかして、社長も含めて全とっかえ！」

最大級の期待をした。

にもかかわらず、社長と専務はこのまま留まり、常務以下の取締役だけがその対象になるという不可解さ。この期に及んで、業績を悪化させ、社内に混乱をもたらした張本人の社長が居座るというのも、制御不能なこの会社らしい。

いずれにせよ、人事担当役員の西條は退任がほぼ決定。後任として柳沢が役員に昇格することも内定しているらしい。

さぞ、柳沢がよろこんでいるだろうと推測するが、そうでもないらしい。

柳沢と西條、さらに社長の本郷《ほんごう》との間には浅からぬ因縁《いんねん》があるというのだ。

ちなみに、今現在、人事部長の柳沢は五十五歳。人事担当取締役の西條が六十八歳で、社長の本郷が六十六歳だ。西條と本郷は同じ大学出身の同期入社。西條が二つ年上なのは、大学院の修士課程を修了しているかららしい。

同期の中でも二人は異例の早さで出世を遂げる。並み居る先輩を抜き去り、二人同時に課長になり、部長になった。西條が管理部門、本郷が営業部門とテリトリーが異なることも幸いし、互いを盟友として認め合っていた。

四年前、本郷が代表取締役社長に抜擢《ばってき》されるまでは。

本郷に遅れること二年、何とか取締役になった西條だが、管轄は人事部だけの平取《ひらとり》。代表取締役社長とは格が違う。かつての盟友は嫉妬の対象になり、今期でその盟友によってお役御免になるのだから、西條の心中は穏やかでない。

今から遡《さかのぼ》ること三十有余年。

当時の西條は人事課長。本郷は営業一部の課長だった。新入社員の採用を一手に任されていた西條と、大手クライアントを担当する花形部署の営業一部。二人とも、風を切るように社内を闊歩《かっぽ》していたらしい。

そんな時代に入社してきた柳沢は、同期の中でもいるかいないかわからないほど印象が薄かった。入社試験の会場でも、面接のときも、入社前の新人研修でも柳沢を覚えている同期は誰もいない。

入社式で辞令を渡されたとき、「あんな奴いたっけ？」と全員が首をかしげた。

大学の成績がお世辞にもいいとはいえなかった柳沢は、入社時の筆記試験と小論文の結果が芳《かんば》しくなく、一次試験で不合格になった。当時、本郷が担当していた最重要クライアントの宣伝部長であり、大学の大先輩だったのが柳沢の叔父であった。その柳沢の叔父の顔を立てるために、本郷が人事課長だった同期の西條に頼み込んで、柳沢を無理やり合格にさせ入社させたのだった。

柳沢は、二人の力添えのおかげで、一度不合格になった会社に入社したことに引け目を感じ、同期や同僚とは常に一線を画してきた。どんな嫌な仕事も引き受けるのは、たとえ虚勢を張ってでも、力を見せつけることでしか、入社時から引きずっている劣等感を払拭《ふっしょく》できないからだった。

そんな地味な存在だった柳沢が、いつの間にか頭角を現し、本郷のお気に入りとなっていく。そして、次期役員候補として西條を脅かす存在になっていたのだから、西條にしてみれば腹の虫がおさまるはずがない。そこで、起死回生を狙う西條は、お役御免になると噂されているほかの取締役と何かを画策《かくさく》しているとか。いずれにせよ、面倒臭いというのか往生際が悪いというのか。

柳沢は柳沢で、もし、西條派の画策が成功でもすれば、本郷と一緒に放り出されるかもしれないのだから、居ても立ってもいられない。そもそも小心者の柳沢は、どっちに転ぶかわからないストレスで心身症の一歩手前になっているとか、いないとか。

そんな噂を確認しようと、できれば足を踏み入れたくない人事フロアに偵察にいくと、陽に焼け、身体が引き締まった柳沢がいるではないか。

(心身症の一歩手前というのはガセネタ?)

新人研修で顔を見かけたことがある二十代の女性社員に探りを入れると、神経内科の医師に勧められてジョギングをはじめたところ、すっかりハマってしまい、今ではかなりストイックに走り込んでいるようだと。

チームプレーではなく、ひとり黙々と走ることにハマるというのが何とも柳沢らしいと思いながら、千秋は人事フロアを早々に立ちさった。

ひさしぶりに四人で顔を合わせた土曜日のランチ。

幹事を引き受けた手前、待ち合わせ時間の十二時より五分ほど早く、昭和通りより一本入った東銀座にあるビストロ「パリの下町食堂」に到着すると、かすみがすでに窓際の席についていた。その横顔は会社にいたときよりずっと引き締まっているようで、とても健康そうだった。

「かすみ、何だか陽に焼けてない?」

千秋は開口一番かすみに聞いた。

「走ってるからじゃない……」

「走ってるって、どういうこと」

「東京マラソンの応援にいって、ミイラ取りがミイラになって。二月の末から走りはじめたんだけど、失業中の身で暇だから昼間に走るでしょ。そしたら、三ヵ月でこの通り。シミやシワに気を付けなきゃって思いながら、すっかり陽に焼けちゃったってわけ。四月から五月ごろって夏より紫外線が強いみたいね」

「そういうことか。でも、家で鬱々としてるより健康的でいいと思う。走ってるかすみは想像できないけど、ちょっと安心した」

そんな話をしていると、平山貴子と島崎あかりがやってきた。

「こんにちは、遅くなりました。あかりが迷うといけないと思って改札口で待ち合わせしたら、遅くなっちゃって」

「それじゃあ、まるで私のせいみたいに聞こえるじゃない。貴子が地下鉄の出口間違えたからでしょ」

「まあまあ、二人とも座って」

かすみが二人を促《うなが》した。

「あっ、ごぶさたしてます。お元気でしたか？」

貴子とあかりの声が重なった。

ショートカットの貴子はワークパンツにダンガリーのシャツ。あかりはピンク色のサマーニットに白いスカート。巻き髪はきれいにセットされている。何ともチグハグな二人だが、入社したころから妙に馬が合っていたようだった。そういえば、千秋とかすみも、性格も違えば生き方も違う。案外、こういう女友だちの方が長続きするのかもしれない。

「まずは乾杯しよう。喉カラカラ。二人とも飲めたわよね」

幹事の千秋が、貴子とあかりに確認する。

「はい！」

二人が、もちろんとでも言うように即答した。

「まずはビールでいい？」

「はい！」

二人が元気よく答え、かすみが頷く。

小さなグラスに入ったビールで喉を潤したあとは、ランチタイム限定のお手頃ハウスワインの赤を注文し、前菜の盛り合わせをつまみながら、近況を報告し合った。

小野寺かすみは、再就職活動に苦戦していることを淡々と。島崎あかりは、子育てが一息ついたので再就職を希望しているが、六年のブランクがネックになっていることをもどかしそうに。平山貴子は、予算必達を課されているのにもかかわらず、以前にも増して新企画が通りにくくなったとため息まじりに。そして、亀山千秋は柳沢たちのお家騒動について、概要をざっと説明した。

「『半沢直樹』より、ウチの会社の方が面白いかも」

貴子の言葉に三人が頷いた。

メインは、ローストチキン、豚肉のソテー・アップルソース、ブイヤベース、ホタテのムニエルの中から選ぶのだが、かすみと貴子がブイヤベース、あかりがホタテのムニエル、千秋がローストチキンを選んだ。

テーブルに並んだ料理を見渡すと、千秋が苦笑交じりに言った。

「あーあ、食欲旺盛な男子を二人育てているうちに、自然に肉料理を選ぶ癖がついたみたいで、自分でも驚く」

かすみがそれに反応する。

「ひとり暮らしが長くなると、一度にいろいろな食材をブチ込んだ料理を食べる癖がついてしまったみたい」

「私も同じです」

ひとり暮らし歴の長い貴子が、かすみに同意するように言った。

そして、ワインを飲みながらのぶっちゃけトークは続き、小野寺かすみと島崎あかりが退職を決めた経緯について、さらに、千秋が柳沢から執拗に受け続けてきた嫌がらせと退職勧奨について、おさらいを兼ねて四人で情報を共有した。

あかりは、「入社十年目だった私でもあれだけ悔しかったんだから、四半世紀も地道に働いてきた小野寺さんの悔しさを思うと、自分のこと以上に腹が立ちます」と憤慨した。

貴子は、「人寄せパンダと陰で言われていることを承知で、女性のロールモデルとしての役目を引き受けてきた亀山さんは本当に大人ですよ。私だったら、とっくにブチ切れて暴れてます」と宣言するように言った。

かすみと千秋は、あかりが結婚退職をしたときのことを振り返り、そんな事情があったとは知らず「寿退社おめでとう」と安易に祝福したことを詫《わ》びた。

「せっかく顔を合わせたんだから、楽しい話をしましょう」と、話題を切り替えたかすみが「東京マラソンを応援した勢いで、九月にフランスのボルドーで開催される『メドック・フルマラソン』に出場することを決め、翌日から走りはじめた」と報告すると、あまりに突飛な計画に三人は驚いた。

「さっきから気になってたんだけど、島崎さんも焼けてない？」

千秋があかりに訊いた。

「実は、私も走りはじめたんです。東京マラソンの直後から」

あかりが照れくさそうに答えた。

「マジで！　どういうこと？　何で、小野寺さんもあかりも東京マラソンの直後から走りはじめるわけ？　しかも、それまで運動には無縁だった二人が」

貴子は驚いたと同時に、二人が走りはじめた経緯に興味を持った。

「ホント、何がそうさせたの？」

千秋も二人が走りはじめた理由を知りたかった。

「私の場合、曙橋からビッグサイトまでランナーの友人を応援しながら追いかけたのよ。はじめは、ただ観てるだけだった。でも、しばらく応援をしているうちに、『がんばれ!』って叫ぶのが恥ずかしくなくなってた。もし、42・195キロ走り切れたら新しい扉が開かれるかもしれないとも思った。会社を辞めてから引きずっていた悶々とした気持ちを振り払いたかったし、藁《わら》にもすがる思いっていうのもあったのかもしれない。でも、ホントは具体的な目標が欲しかったんだと思う」

かすみの説明はいつも淡々としている。

「私は息子にせがまれて夫の応援に渋々行ったんですけど。あっ、そこで小野寺さんにお会いしたんですよね。夫の走る姿をはじめて見て、その夫を応援する息子を見て、ちょっと胸が熱くなったというのか。ランナーのパワーを感じて、走るってどんな気分なんだろう……と思ったりして」

あかりは自分の気持ちを確認しているようだった。

「なるほど、ふたりともランナーが放つエネルギーに気持ちが昂《たかぶ》ったってことか」

千秋が言った。

「ランナーが発するエネルギーもあるかもしれませんけど、私には応援が二人を動かしたみたいな気がします。うまく言えないけど、それぞれが蓄えていたものが、応援で着火されて燃えはじめたみたいな感じかなあ」

貴子が上手に分析した。

「そうかもしれない。ランナーの走る姿にもいろいろ感じるところはあったんだけど、『がんばれ！』って叫ぶたびに、自分の声に胸が震えるっていうのか、背中を押されるっていうのかしら……」

かすみは、当日、自身が実感したことをそのまま言葉にした。

「そうですね。私も、息子が父親を応援しながら応援するよろこびみたいなものを感じているのがわかって。そういえば、小野寺さんと一緒に応援していた方、すっごい元気で、大きな声で、かなりびっくりしました」

あかりが思い出したように言った。

「ああ、巌流島のことね」

「巌流島？」

三人の声が重なった。

「友人で、高橋夏子さんって言うんだけど。まるで巌流島の決闘みたいに真剣に応援するから、『なぜ、そんなに一所懸命応援するの』って聞いてみたの。そうしたら、彼女、こんなこと言ってた」

かすみは、東京マラソンの日、月島のもんじゃ屋さんで高橋さんから聞いたことを三人に話した。

高橋さんがクラス委員だったこと。修学旅行のバスの座席を決めたとき、ひとりだけあぶれてしまったこと。先生から、「高橋さんは一人でも大丈夫でしょ」と言われ、本当は悲しかったのに、「大丈夫です」と答えてしまったこと。放課後、一人で校庭の隅っこをトボトボ歩いていたとき、クラスの男子とすれ違ったこと。

三人は、ワインを飲みながらかすみの話に聞き入っていた。

「高橋さんが校庭の隅っこで篠原君っていう男子とすれ違ったとき、突然、その篠原君が彼女の背中に向かって言ったんですって。『俺、クラスのために必死にがんばってる高橋のこと、いっつもすごいなって思ってるんだ。俺、高橋のことずっと応援してるから』って」

「やだ、篠原君ったら泣かせるじゃない。きっと、いい男になってるわよ」

千秋の言葉に、貴子が大きく頷いた。

「そのとき、高橋さん思ったんだって。応援してくれる人が一人でもいれば、人はがんばれるんじゃないかって。それから……、高橋さん、こんなことも言ってた。自分がやってきたことを認めてくれる人がいたことがわかって、自信が持てたって」

このとき、かすみは三人に話しながら、高橋さんが自分の気持ちを代弁してくれたように感じていた。

「そうなのよ。自分がやってきたことをきちんと認めてくれる人がいるってことが、すごく大切なのよ」

千秋が何度も頷きながら言った。

「すっごくよくわかります。誰か一人でも、自分がやってきたことを認めてくれたら自信が持てるって」

あかりが千秋の言葉を受けるように続けた。

「自信がなきゃ、前に進めないですもんね。応援してくれる人、認めてくれる人がいるから、次の一歩が踏み出せるんですよ。人は」

貴子も同意するように言った。

「だから、高橋さんは、がんばっている人には、『ここに応援してる人がいるよ』って、しっかり伝えることが大事だって思って、大きな声で声援を贈るんだって」

かすみが三人に高橋さんの思いを伝えた。

「そうよね。確かに、伝えなきゃ、わからないもんね」

千秋が嚙みしめるように言った。

「私も、会社を辞めたとき、貴子が応援してくれたから前を向くことができた」

あかりが思い出すように言った。

「東京マラソンのころって、実は精神的にかなりしんどかったんだ。私。でも、千秋が応援してくれているってわかっていたから、何とか持ち堪《こた》えてた。だから、高橋さんの言葉がジーンと沁みたのよね」

かすみが続けた。

「お互いさまよ。応援してもらってるから、応援したいのよ。心から応援したいって思える人がいるってしあわせじゃない？」

千秋の言葉に三人が頷いた。

「実は、私、息子と応援した翌日にはランニングウェアとかシューズとか、一式買ってました。自分でも驚くほどわかりやすいなあって思ったんですけど」

あかりが照れくさそうに言った。

「白状します。私も東京マラソンの翌日、ランニンググシューズからキャップまですべて揃えました」

慎重なかすみまでもがそんな行動を起こしていたことに、三人は驚いた。

「しかも、ナントカマラソンにもエントリーするなんて、いくらなんでも決断早過ぎ。会社を辞めるときもそうだったけど、普段は慎重なのに、いざというとき、速攻で決めるのよね。かすみって、案外おっちょこちょいなんじゃないの」

千秋は突っ込みながらも、ちょっと羨ましそうだった。

「あっ、そうだ。忘れてた。柳沢もかなりストイックに走ってるみたい。ストレス解消のために走りはじめてすっかりハマっているらしいのよ」

「えっ、柳沢も！」

かすみとあかり、二人が同時に声を上げた。

「柳沢みたいな奴って執念深いから、速くなりそうじゃないですか？」

貴子が冷静に分析した。

その後は、再就職活動の話に戻り、結婚、出産で数年のブランクがあるあかりもアラフィフのかすみも、ほとんど門前払い。いくら履歴書を送っても面接にまで辿り着くのは至難の業《わざ》どころか皆無だということで、話はまとまった。

「女性が輝く社会なんて、まるでファンタジーですよね」

貴子の指摘は的を射ていた。

「ファンタジーねえ……」

みんなでため息をついた。

「亀山さん、景気づけに、ワインおかわりしませんか？」

貴子の提案にみんなが賛成した。

「じゃあ、もう一度みんなの前途を祝して乾杯しようか」

「賛成！」

追加で頼んだロゼのシャンパンボトルが、あっという間に空になった。

別々の場所で生まれ育った四人が同じ会社で働いたのも何かの縁なら、別々の道を歩きはじめながら、またこうしてひとつのテーブルを囲むのも何かの縁。笑ったり、怒ったり、ため息をついたりのランチを終え外に出ると、春から初夏へ向かう季節に降りそそぐ強い陽射しが恨めしいほどキラキラ輝いていた。

そして、地下鉄の駅までの道をほろ酔い気分で歩いた四人は、それぞれの明日に思いを馳《は》せながら、それぞれが乗る路線の改札口に消えていった。

経堂駅から自宅までの道を急ぐ千秋は、何人ものランナーとすれ違った。

「こんなに走る人っているんだ」

いままで、千秋はランナーに気を留めることなどまったくなかった。だから、こんなにも走る人がいることにも気付かなかった。人は、興味がないことには気付かない。でも、関心を持った途端、これでもかというくらい気にかかるようになる。

しかも、色とりどりのウェアに身を包んだランナーの多くが中高年だということも千秋には意外だった。そして、週末の住宅街を走るランナーの表情は、決して苦しそうでもキツそうでもなく、むしろ穏やかで満たされているようだった。

何が彼らを走ることに駆り立てるのか……。

かすみも、あかりも、そして柳沢までもが走りはじめていたことが、千秋の好奇心をくすぐった。

夫は接待ゴルフ。長男は館山の農家で修業中。気分次第のお気楽次男はまったく当てにならない。急いで帰る必要などなかった。会社と家をシャトル便のように行ったり来たりする生活を卒業する時期にきたのかもしれないと千秋は思った。

そして、踵《きびす》を返すと再び駅に向かい、新宿行きの急行電車に飛び乗った。

新宿に着いた千秋の足は、迷うことなく東口の商業ビルに入っているランニングショップに向かっていた。店内に入って驚いた。ランニング関連商品は、そのアイテムの多さも華やかさも千秋の想像をはるかに超えていた。

日常生活に必要なものを買うときとはちょっと違う感覚。それは、遠い昔、修学旅行に持っていくものをワクワクしながら買った日の感覚に似ていた。

東京マラソンの応援に行った翌日、かすみとあかりがまるで熱に浮かされたように、上から下までのランニング用品一式を買い揃えた気持ちがわかるような気がした。

商品を眺めながら、千秋はかすみと一緒に走る日を思った。

並んで走るふたりは薫風を背に気持ち良さそうだった。

「よろしければ履いてみませんか」

爽やかな笑顔のスタッフに声を掛けられた。

「初心者にはどんなシューズがいいんですか？」

千秋は、自分でも驚くほど自然にスタッフに質問していた。

「初心者でしたら、膝への負担が少ない底の厚いものがお薦めです」

試しに履いてみると、ヒールを履きなれた足が解放されていくようで、とても自由な気分になった。

「同じタイプで、もう少し明るい色のものってありますか？」

どうせなら飛びっきり明るいものを履きたいと、どんどん積極的になっていった。

スタッフが出してきたバレンシアの太陽のような鮮やかなオレンジ色のシューズを見た瞬間、これだ！　と思った。そして、迷いなくそれに決めた。さらには、春夏用のランニングウェアの中から、同じオレンジ色の長袖Tシャツと濃紺のパンツを選んだ。キャップとソックスもオレンジ色に統一した。

人寄せパンダの身、通勤時はモノトーンのパンツスーツが着ぐるみ代わり。どんなに忙しくても気を抜くことをせず、ビシッとアイロンがかかったパンツスーツとハイヒールで会社に行った。

この四半世紀。

たとえ、戦力外、人寄せパンダと揶揄《やゆ》されても背筋を伸ばして仕事をしてきた。

人寄せパンダにも、意地とプライドがあった。

柳沢ごときに潰《つぶ》されて堪《たま》るかと、踏ん張って生きてきた。


オレンジ色のランニングシューズが、そんな千秋に自由の風を吹き込んだ。

具体的に走るつもりはないと言うのに、「週末にウォーキングくらいしてもいいかな」なんて思いながら、ランニング用品を上から下まで揃えている自分がちょっと可笑しかった。このシューズを履いて少女の頃のようにスキップする自分を想像しただけで、千秋は軽やかな気分になっていた。

ランニング用品一式が入った大きな袋を抱えて小田急線に揺られながら、東京マラソンを機に走りはじめたかすみと島崎さんを思った。

私と平山貴子はあの会社で踏ん張るから、二人は別の場所で踏ん張れ。

経堂駅から自宅までの道すがら、千秋は数人のランナーとすれ違った。

そして、そのたびに心の中でエールを贈った。

「がんばれ！　かすみ」

「島崎さん、がんばれ！」

崖っぷちで踏ん張るかすみに贈るエールが、千秋自身を明日に向かわせていた。

第4章
崖っぷち女の42.195キロ

厳しい残暑がダラダラと続いていた九月のとある木曜日、私は一人成田空港の出発ロビーにいた。手には二枚の搭乗券。一枚が成田からオランダのアムステルダムまで。そして、もう一枚がアムステルダムからフランスのボルドーまでである。一時間後にはＫＬＭオランダ航空でボルドーに向け出発する。

ボルドー行きの目的は観光でも出張でもない。

毎年、ブドウの収穫祭に合わせてボルドー郊外で開催される「メドック・フルマラソンMarathon du Medoc」に出場するためなのだから、人生は何が起こるかわからない。一年前には、まさかこんな日が来ることになろうとは、予想だにしていなかった。

そして、それが世界中のランナー憧れの大会であることも、数日前、友人の川内響子さんから聞くまで知らなかったのだから、この大会への出場が如何に行き当たりばったりだったのかがよくわかる。

拠所《よんどころ》ない事情で四半世紀勤めた会社を放り出され、再就職活動中だった私は、高橋夏子さんに誘われ、東京マラソンに出場した川内さんの応援に繰り出した。そして、その日の夜、何の予備知識もないまま、勢いでメドック・フルマラソンの公式ウェブサイトのエントリーボタンをクリックした。

だから、「メドックのフルマラソンに出場するために、木曜日からボルドーに行くんだけど、何か持って行った方がいいものってあるかしら？」と暢気《のんき》に訊いたときの川内さんの驚きっぷりに、はじめて事の重大さを理解したくらいだった。

川内さんを応援したその日まで、私はマラソンにも走ることにもまったく興味がなかった。ましてや、フルマラソンの大会に出場するために、遠路はるばるフランスのボルドーに飛ぶことになろうとは、当の本人とて夢にも思っていなかったのだから、川内さんが驚くのもよくわかる。

元来、石橋を叩いても渡らない慎重な私が、無謀にも起こした行動。定年まで勤務するつもりだった会社を辞めた、いや、辞めざるを得なかった直後の不安定な精神状態でなければ、海外のマラソン大会に出場するなどという突飛な行動は天地がひっくり返っても起こさなかっただろう。

それなのに、その日、私はエントリーボタンを勢いで「ポチッ！」とクリックしてしまう。42・195キロを走り切れば新たな扉が開かれる。そんな妄想を抱いて。

もしかしたら、その頃の私は具体的な目標を欲していたのかもしれない。生業を奪われたダメージは本人が自覚するよりずっと大きく、勢いでエントリーボタンをクリックしたのも、藁にもすがりたい気持ちの表れだったのかもしれないと、今にして思ったりもする。

私は東京マラソンの翌日走りはじめる。

神保町の書店へ行った帰り道、いままで、そこにあることさえも気付かなかったランニングショップのショーウインドウが目に留まった。東京マラソンの翌日にランニング用品一式を買うなんて、あまりに単純でわかりやす過ぎる。そんな気恥ずかしさも多少あり、一度は店の前を通り過ぎた。

でも、なぜか気にかかる。立ち去り難い思い。

「よーし！」

思い立ったが吉日とばかりに、意を決して中に入った。

十数年ぶりに足を踏み入れたスポーツショップで、壁一面にディスプレイされた色とりどりのランニングシューズに圧倒された。

想像以上の商品の豊富さと気後れするほどの華やかさ。二十代と思われるスタッフに、「何をお探しですか？」と声を掛けられても、ドギマギして戸惑うばかり。どう切り出したらいいのかもわからなかった。

「あのー、すみません。健康のためにジョギングをはじめようと思っているんですけど、どんなシューズがいいんでしょうか？　まったくの初心者なんですけど」

恐る恐る聞いてみた。

「初心者でしたら、底が厚いものがお薦めです。レースに出る予定はありますか？」

と、まさかの質問。

「いえ、ただ……、自宅近くを少し走る程度なんですけど」

もちろん、大会にエントリー済みなんてことは言えるわけがない。

「では、こちらを履いてみてください」

薦められたシューズを履いて驚いた。

十数年スポーツに縁がなかった私でさえ走り出したくなるほどの軽さと履き心地の良さ。いつの間にか、スポーツシューズは恐るべき進化を遂げていた。

何足かのシューズを履きくらべて、自分に合ったものを選びながら、何かをはじめるときはスタイルや道具から入るのが一番だと思っていた日のことを思い出した。

スキーをはじめたときも、テニスをはじめたときも、最新のウェア一式を揃え、恰好から入ったものだった。そして、それが長く続ける秘訣だった。とはいえ、二十代や三十代の頃とは勝手が違う。

薦められたシューズの中から一番地味な黒地にピンクのラインが入ったものを選んだ。ウェアも、できるだけ地味なものにしたくて、黒とグレーの二色使いの上下にした。ジムや体育館ではなく、街の中を走るランニング。へなちょこランナーが派手なウェアというのは恐れ多いし恥ずかしい。

それにしても、最近のランニングウェアの華やかなこと。ランスカと呼ばれるミニスカートもあるのだから、地味で暗いマラソンのイメージは今や昔。眩しいばかりの原色のものや派手な模様のものが所狭しと並んでいた。

帰宅後、すぐに着替えたものの、気恥ずかしくて走り出すことができない。

「誰かに見られたらどうしよう」って、誰も見てないというのに。

「どんなフォームで走ったらいいのだろう」って、とやかく言わずに走ればいいのに。

「どのくらいのペースで、どのくらいの距離を走ればいいのだろう」って、どうせ速くも長くも走れないというのに……。

逡巡《しゅんじゅん》すること半日、陽が傾きはじめ、あたりが暗くなりかけた頃を見計らって、こっそりと走りはじめた。

小さな子どもを連れて家路を急ぐ女性に抜かれるほどのスローペースで走っていると言うのに、たった500メートルで息が上がった。まともに身体を動かすのは十数年ぶりなのだから、それも致し方ない。それにしても、42・195キロを走り抜いた川内さんの何と天晴れなこと。フルマラソンの完走が如何にすごいことかと、思い知らされた。

自宅近くにある一周1・2キロの六義園《りくぎえん》の周りをウォーキングに毛が生えたくらいの速度で三周走って、初日はそこでギブアップ。にもかかわらず、翌日は身体中がミシミシと音を立てて軋《きし》むほどの筋肉痛。42・195キロを走り切るには、どれだけの体力と脚力、精神力が必要なのか、どれほどの練習が必要なのかと途方に暮れた。

ハローワークに通い、再就職情報サイトに登録して二ヵ月。そう簡単に再就職先が見つかるわけがないとわかっていながら、やはり焦っていた。焦っていたというより、将来への不安から鬱々として眠れない日が続いていた。

「四半世紀働き続けてきたんだから、失業手当が出るうちはゆっくりすればいいのよ」と、同期の亀山千秋には言われていたけど、このまま再就職できなかったらどうしようと、不安ばかりが募っていた。

しかも、人様が忙しく働いている平日の昼間に何もしないでいること自体がストレスになるのだから、やはり人にとって働くこととイコール生きることだと痛感させられた。

そういう意味でも、メドック・フルマラソンの完走という具体的な目標ができたことはとても大きかった。悶々としたところでどうなるわけでもない。腹をくくり、毎日、いや、一日おきに四十分ほどの時間をマラソンの練習に当てようと心に決めた。

元来、こういう地道なことを一人でコツコツ積み上げていくのは嫌いではない。目標ができると日々の暮らしの張り合いにもなる。

とはいえ、所詮ランニング初心者の上に、体力も筋力も衰えて久しいアラフィフの身。無理は禁物と自らに言い聞かせ、初心者用のマラソン指南書を購入。それを頼りに、七ヵ月後にメドックで開催される大会目指して、一人練習をスタートさせた。

まず、一週目は大股早歩きを四十分。二週目は大股早歩きとスロージョギングを十分ずつ交互に計四十分。三週目は大股早歩き五分、スロージョギング十五分を二度繰り返して計四十分。四週目からは四十分間スロージョギングを続けるといった具合に、走る時間を少しずつ増やし、走ることを習慣にしていった。

走りはじめて一ヵ月ほど経った春爛漫《はるらんまん》の三月下旬。

自宅周辺の裏路地には、いままで気づかなかったことが待ち受けていた。前を通り過ぎるだけだったお寺の参道に足を踏み入れてみると、見事なしだれ桜に目を奪われた。小さな神社で合格祈願の絵馬を奉納し手を合わせる受験生の姿を見つけ、心の中で「がんばって」と声を掛けた。女性がひとりで切り盛りする小さな天然酵母のパン屋さんからはパンが焼けるいい香りがした。

走りはじめて知った新たな発見。走りながら見る街の風景はいつもと少し違っていた。

走る距離が延びフットワークが軽くなると気持ちまで軽くなる。そして、日に日に走ることが楽しくなっていった。

新緑が目に眩しい五月はこんな調子で気分良く走り続けた。

しかし、六月に入ると状況は一変する。

梅雨に突入すると同時に走れない日が続いた。しかも異常気象の影響か？　何年かぶりの長雨となり、なかなか梅雨は明けなかった。さらには、やっと梅雨が明けたと思ったら、今度はかつて経験したことがないほどの猛暑が続き、とても走れる状況ではなかった。

天気予報では、連日「熱中症に注意するように」「こまめに水分を摂《と》るように」「激しい運動は控えるように」と呼びかけている。

酷暑となった七月、八月。

早朝五時に起きて何度か走ろうと試みたが、連日の暑さで早朝でも熱を持ったアスファルト上の気温が下がらず、十分も走ると全身から汗が噴き出してくる。これでは気持ちも身体も走るモードになるはずがない。

結局は、満足のいく練習ができないまま残暑厳しき九月に突入していた。

要するに、フルマラソンを走るに足る準備ができないままメドックに発つ日が数日後に迫ってしまっていたということだった。

だから、突然、無謀な計画を知らされた川内さんと高橋さんが驚くのも無理はない。ちなみに、再就職活動も大、大、大苦戦のどん詰まり状態だった。

そんなわけで、さまざまな不安を抱えたまま、42・195キロを走り切れば新たな扉が開かれるかもしれないという一縷《いちる》の望みにすべてを託して、私はメドックに向け出発した。「走った後は、必ず脚を冷やすように」と、川内さんから手渡されたアイシング用の氷嚢《ひょうのう》をスーツケースにしのばせて。

アムステルダムで飛行機を乗り継いで一路ボルドーへ。

生まれてはじめて42・195キロ走る日が明後日に迫っているというのに、緊張感はゼロ。全く実感がわかなかった。

それどころか、ケ・セラ・セラ、なるようになると甘く考えていた。

メドック・フルマラソン大会当日のボルドーは、観光にはもってこいの雲ひとつない大候だった。

真っ青な秋空の下、世界中からやって来た八千人のランナーがブドウ畑の中を走り抜けていく。もちろん、私もその中の一人。意気揚々と走りはじめたものの、平坦に見えたブドウ畑は意外とアップダウンがきつかった。

天高く馬肥ゆる秋の空から降りそそぐ陽射しを遮るものがまったくないコース上の体感温度は三十度を超えている。フルマラソンを走るには誰が何と言っても暑過ぎる。厳しいコンディションだった。

しかも、フルマラソンは勢いで走れるほど甘くはないことを、走りはじめてすぐ思い知らされる。たった5キロ走っただけで、私はこれからどうなるのだろうかと不安になった。

(何で、42・195キロ走ってみたいなんて思ったんだろう)

(なぜ、完走すれば何かが変わり、将来が拓《ひら》けるかもしれないなんて思ったんだろう)

後悔先に立たず。

5キロ地点を通過したばかりだというのに、すでに私の頭には「リタイア」の文字が浮かんでは消え、浮かんでは消えを繰り返していた。

スタートするまでは最高の気分だったというのに……。

ボルドーの街は前日からお祭りムード。世界中からやってきたランナーたちの熱気で溢《あふ》れかえっていた。

前日受け付けをするために訪れた事務局には、お洒落なワインカウンターがあった。そして、受け付けを済ませたランナーが昼間っからボルドーワインを愉しんでいた。ゼッケンナンバーにオリジナルTシャツ、公式パンフレットが入ったオリジナルのビニール袋を抱えて歩いていると、すれ違うランナーたちに声を掛けられた。

「ナイスラン！」

その陽気さに私の気分も上向いていく。

そして、互いの健闘を祈り合ううちに、ひとつの大きなチームの一員になったような一体感に包まれていった。

いままで、マラソンは地味で苦しいスポーツだと思っていたのに。孤独との闘いだと思っていたのに。そうではなさそうだ。固定観念をくつがえすほど底抜けに明るいランナーたらに、大枚を投じてここまでやって来た甲斐があったと確信した。

昨年の十一月から続いていた暗雲立ち込める日々に明るい陽が射し込みはじめた。

そして、当日の朝、ホテルに迎えにきたバスに乗り込むと、ランナーたちの趣向を凝らした仮装に度肝を抜かれた。まるでカーニバルに参加するエンターテイナー。この日を全力で楽しもうとする心意気は半端ではなかった。

それに引き替え、私ときたら……。

成田空港で買った間に合わせの祭り半纏《はんてん》を羽織っただけ。やるからには徹底的にやる。そんな彼らを前に、自分の中途半端さが恥ずかしくなった。

メドックの街はボルドーの中心地からバスで一時間ほどのところにある。スタートエリア近くの駐車場でバスを降りた。その瞬間、強烈な色彩に目がクラクラした。自分がどこにいるのか、何をするためにそこにいるのかわからなくなりそうな世界が待ち受けていた。

世界中から集まってきた八千のランナーたちは、人生を謳歌《おうか》する達人振りを存分に発揮していた。ディズニーも宝塚もびっくりのコスチュームに身を包んだ人たちは、実に優雅で華やかだった。

まもなく、ランナーたちの祭典の幕が上がる。

42・195キロへの期待が徐々に高まっていく。

駐車場から歩いて数分のところにあるスタートエリアに向かうと、耳を劈くほどの爆音と歓声が聞こえてきた。スタートエリアはすでにクラブと化し、生バンドの演奏に合わせて、スタートを待つランナーたちが踊り狂っていた。

「フルマラソンも人生も、楽しんだもの勝ち」

彼らが放つ熱量がメドック上空の雲を吹き飛ばしたのだろう。雲ひとつない青空がどこまでも広がっていた。

人生を楽しむ達人たちはまるでダンサーのようにセクシーで、キレッキレで、いかしていた。あり余る熱量の大人たちを目の当たりにし、知恵熱を出しそうだった。彼らの生き方の姿勢がメドックの街を熱くし、メドックの街全体が熱く激しく揺さぶられているようだった。

「特級ワインを味わいながらフルマラソンを走る」

こんな大会を企画した人たちと、世界中からやってくるランナーたちのクレイジーさに、日本での鬱々としていた日々が百年前の出来事のように感じられた。

勢いで「ポチッ！」として良かった。

自分の選択は間違っていなかったと思えた。

ずっと、マラソンは鍛錬のためにやるスポーツだと思っていた。苦しいのに、なぜ走るのか理解できなかった。トップランナーならいざ知らず、参加費を払ってまで走る市民ランナーの気持ちがわからなかった。

でも、そんな考えはスタートエリアで踊る彼らを見ているうちにぶっ飛んだ。マラソンは人生の楽しみ方を教えてくれるもの。彼らが身を以て教えてくれた。コース途中にあるシャトーでふるまわれる特級ワインを飲みながら走るという大会が三十年もの間ランナーたちを魅了し続けていることこそが、紛《まぎ》れもない証《あかし》だった。

さらには、コース終盤37キロ過ぎにはメドック・フルマラソン名物のフルコースが待っているという何とも粋《いき》な計らい。生バンドに合わせてリズムを取りながら、特級ワインとフルコースを頭に描きスタートの瞬間を待った。

「まもなくスタートだけど、みんな準備はいいかい？」

「オー！」

「みんな楽しんでいるかい？」

「オー！」

MCがステージに登場するとスタートエリアは興奮の坩堝《るつぼ》と化した。

まもなくカーニバルがスタートする。

カウントダウンがはじまった。

「十、九、八、七……、三、二、一、バーン！」

号砲と同時に飛び出していくランナーたち。

頭上を飛び交うヘリコプターの轟音にも負けないランナーたちの雄叫びがメドックのブドウ畑に鳴り響いた。そして、私も八千人のランナーたちに遅れまいとブドウ畑に飛び出していった。威勢よく。

スタート直後、メドックの人たち総出でお祭り気分を盛り上げている。

小旗が振られる中を走る気持ち良さ。

頭上のヘリコプターからはカメラクルーがランナーを追いかける。

待ち受ける42・195キロの距離の長さを知らないということは実に怖いものだ。「特級ワイン！　特級ワイン！　フルコース！　フルコース！」と叫びながら走りたいほどのハイテンション。気分は上々。かつて味わったことがないほど気持ちが盛り上がっていた。

しかし、そんなお祭り気分は長くは続かなかった。

十五分ほどで街を離れブドウ畑に突入すると、くねくねと曲がりくねった農道が地平線の彼方まで延びていた。そして、その上をとてつもない数のランナーたちが切れ目なく走っているのが見える。あらためて、多くの人が走っていることを実感する。

見渡す限り日陰がない。

ということは、この炎天下を走り続けるということだった。照りつける太陽の陽射しがジリジリと肌を焦がしていく。身体中からは止めどなく汗が噴き出していた。

走っても、走っても、地平線との距離は縮まらなかった。

走っても、走っても、最初の給水ポイントに辿り着かなかった。

しばらく走って前方に小さな看板が見えたとき、「もう7、8キロは走っているだろう」と期待してその看板を確認した。

「4キロメートル」の表示。

まだ、十分の一も走っていなかった。

42・195キロ地点は私が思うよりずっと遠くにあった。42・195キロは途方もなく長い距離だった。

「行けるところまでマイペースで走れば、それでいい」

気持ちを切り替えて十分ほど走ると、最初の給水ポイントに到着した。

テーブルの上に並んでいたのは、エビアンの小さなボトルとカップに入ったボルドーの赤ワイン。カップを手に取りワインを口にふくむと、鼻孔からの香りが脳みそを直撃した。香りを味わいつつゴクッと飲み込むと、ワインが喉元を通り過ぎた。そして、ワインがしっかりと胃に収まると身体中の細胞が快哉《かいさい》を叫んだ。

「ブラボー！」

おいしかった。

それ以外の言葉を探しても思いつかないほどのおいしさだった。

そして、そのとき世界中のランナーがこの大会を目指し、この大会に憧れる理由がわかった。まさに、ワインは走るための、生きるためのガソリンそのもの。次の給水ポイントまで、くじけそうな私を連れて行ってくれる。

コース上にはワイン通が泣いてよろこぶシャトーが点在している。そして、それぞれのシャトーが自慢の逸品をランナーに提供する。そんな贅沢な機会はおいそれとはやってこない。それを味わわずして日本に帰るわけにいかないだろう。

ワインのカップをテーブルに置き、ペットボトルに入ったエビアンで水分を補給すると、さっきまでの憂鬱な気分が消えていた。

ワインで英気を養い５キロほど走ると、二度目の給水ポイントに到着した。

法被《はっぴ》姿でワインを飲んでいる日本人女性を見かけ声を掛けた。今年でメドック三回目というユウコさんは、１００キロのウルトラマラソンにも出場経験があるという強者《つわもの》にして情報通だった。

「何が何でも26キロ地点にあるシャトーに辿り着くまではリタイアしちゃだめよ」

「26キロですか？」

「ワインの漫画『神の雫《しずく》』に登場する超特級ワインが飲める絶好の機会なんだから」

「えっ、ホント！　そうなんですか？」

「やだ、そんなことも知らずに参加したの」

「まあ……。でも、ユウコさんのおかげで目標ができました。でなきゃ、私10キロくらいでリタイアしてたかも」

「だめよ。這《は》ってでも26キロまでは行かなきゃ」

ユウコさんは、ドライフルーツをつまみながらワインを全身で味わうように飲み干すと、

「じゃあ、お互いがんばりましょう」と言い残して走り去った。

『神の雫』に登場する超特級ワインが待っているという吉報に張り切らない人がいるだろうか。まるで、鼻先にぶら下がったニンジンを追いかける馬のようだ。あまりの単純さに自分でもあきれる。でも、そのニンジン、いや超特級ワインの情報はそのときの私にはかなり有効だったのだ。

とはいえ、フルマラソンは甘くない。

走り出すとすぐ、その厳しさを思い知らされる。練習不足。経験不足。簡単に事が進むわけがない。

キツくなると、「26キロ、26キロ。超特級ワイン、超特級ワイン」と心の中で繰り返し、止まりたい気持ちを封じ込めた。とにかく一歩、また一歩と脚を前に出そう。たとえ、ゆっくりでも前に進めばフィニッシュラインは、いや、シャトーは確実に近づくはず。とにかく、26キ

ロまでは何が何でも行かなきゃ一生後悔するだろうと自分に言い聞かせた。

16キロ手前のシャトーに到着した。

ワインを味わい、ストレッチをしていると、木陰でのんびりワインを飲んでいる日本人男性と目が合った。「坂本竜馬」と書かれた鉢巻《はちまき》をしている。出《い》で立ちは勇ましいのに、なぜか頼りなく見える。

「おつかれさまです。結構キツいですよね」

「ほんと、思ったよりキツいっすよ。無理して走る必要もないので、ここでのんびりワインを味わったらリタイアしようかと思ってるんです」

「竜馬、何を言ってるんです。26キロ地点のシャトーでは『神の雫』に登場する超特級ワインをいただけるそうですよ。そこまでは、何が何でも行かなきゃ日本男児代表として情けないじゃないですか。って、私もさっき聞いたばっかりなんですけど」

「マジっすか？　26キロまではあと10キロか……。何とか行けるかもしれないですね」

「でしょ。取りあえず、そこまで走りましょうよ」

こんな偶然の出会いから、私は竜馬と並んで走ることになった。

しかし、16キロ過ぎからのキツいこと。脚はどんどん重くなり、汗は止めどなく流れてくる。人生で一番長く走った距離は、たぶん……高校のマラソン大会。正確な距離は覚えていないが、10キロだったはず。何の因果でアラフィフにもなってまで、こんな長い距離を走っているんだろうと何度思ったことか。

　でも、旅は道づれ世は情け。

　竜馬と出会い、竜馬の息遣いを感じながら走ることで、何とかそのキツさに耐えることができているのだから、人間とは単純なんだか厄介なんだか。竜馬と一緒にヨボヨボと走り続け、スタートしてから二時間半後、竜馬と私はやっとの思いで中間地点に到着した。

　すでに、トップランナーはフィニッシュしている時刻だ。

「超特級ワインまであと5キロですね」

「はい、がんばりましょう」

　26キロ地点のワインを思い描いて、ヨレヨレになりながら励まし合った。

　途中、何度か脚が攣《つ》った。軽い熱中症で吐きそうになった。リタイアしたい誘惑にも駆られた。でも、竜馬がいたから走り続けることができた。

　23キロ手前、木陰に座り込んでいる日本人女性がいた。

「大丈夫ですか？」

「もう限界。一歩も動けない。収容車が回ってきたら乗せてもらうつもり」

「何を言ってるんですか。26キロ地点にあるシャトーで『神の雫』に登場する超特級ワインが待ってるそうですよ。そこまでは、何が何でも行かなきゃダメですよ」

　それって、さっき私が竜馬に言ったことなんですけど。

「って、俺もさっき、彼女から教えてもらったばかりなんですけどね」

「私も、ユウコさんという女性から聞いたんですけど」

「えっ、そうなんですか？　26キロということは、あと3キロ……ですよね」

私たち三人が木陰で話をしていると、そこにスーパーマンの恰好をした集団がやってきた。

「君たち、ここでリタイアするつもりじゃないだろうね。最高級のボルドーワインがすぐそこで待っているのに」

彼らはそう言い残し、力強い足取りで走り去っていった。

三人は顔を見合わせた。女性はゆっくりと立ち上がった。

東京の銀行に勤めているというゆかりさん。たぶん、アラフィフ。

「最近、仕事をしててもやりがいを感じないっていうのか、虚《むな》しいっていうのか、満たされることがなくって。たとえ自己満足でもフルマラソンを走って、達成感や満足感を味わってみたかったの」と照れ臭そうに言った。

「ゆっくりでもいいから一緒に走りましょう」

リタイアしかけていた三人が、ボルドーのブドウ畑の中で出会った。

これも何かの縁。

一人では走り続けることは無理だったかもしれない。でも、三人一緒なら走り続けることはできる。たとえ、声に出して励まし合わなくても、互いの存在を感じるだけで脚が前に進む。互いの息遣いが止まりそうな背中を押す。

見上げれば雲ひとつない青空と大きな太陽。日陰はまったくない。この太陽の光がブドウ畑に降りそそぎワインをおいしくする。普段は拝みたくなるほどありがたい太陽が、この日ばかりは恨めしかった。

ヨレヨレになりながら走り続けること二十分。私たち三人はどうにかこうにか26キロ地点にあるシャトーに辿り着いた。

「乾杯！」

「ここまで連れてきてくれてありがとう」

「一緒に走ってくれてありがとう」

竜馬のグラスがあっという間に空になった。

「おかわりしてきます」

生ビールじゃないんだから、ガブ飲みはないでしょ。竜馬の奴ったら、ワインを味わうマナーが成ってない。

でも、その気持ちよくわかる。細胞の隅々にまで染み入るワインは、ここまで走ってきたランナーを祝福するようなとってもありがたい味がした。そして、ワインのラベルを写真におさめているゆかりさんの嬉しそうな顔を見ていたら、ちょっとウルッときた。二人がいなければ、ここに辿り着くまえに止《や》めていたかもしれないと思ったら、ここまで来られたことが奇跡のように感じられた。

ワインのせい？　ううん違う。

一緒にここまで走ってこられたことが、ただ嬉しかった。

「私はこのワインを飲めただけで十分。ここでリタイアする。だから、二人は最後までがんばって」

26キロで離脱したゆかりさんと別れ、竜馬と私は再びブドウ畑の中を走りはじめた。一瞬、「ゆかりさんと一緒にリタイアしてもいいかな」との思いが頭をよぎった。あと16キロ走る自信も、フィニッシュラインを越える自信もなく、限界は近いだろうとも思えた。でも、何かがリタイアしたい気持ちを押し留めた。

「小野寺、がんばれ！」

高橋さんのデカい声が遠くから聞こえたような気がした。

「やっぱり、悔しい！」

サブ4を果たせなかったと悔しがっていた川内さんを思い出した。

二人の存在が私を奮い立たせた。

倒れるまで走ろう。そう心に決めた。

倒れたらそこで止めればいい。リタイアの言いわけにもなる。でも、人は簡単には倒れないものらしい。心の弱さに反して、身体はしぶとく、脚は前に進もうとする。気持ちは限界に達し、すでにギブアップしているのに、体力の限界はやってこない。

私の身体は、私が思うよりずっと、強かでたくましかった。

「俺、もう限界。ちょっとここで休んでいく」

30キロを過ぎたところで竜馬が休憩宣言をした。

「わかった。私は先にいく。ゆっくり走っているから必ず追いついて」

一人でも走り続ける覚悟を決めた。

何が私を前に進めようとしているのか、自分にもわからなかった。ただ、私は、竜馬と一緒にここで休むことより、一人で走ることを選んだ。一度休んでしまったら、二度と走りはじめることができないような気がした。

たとえゆっくりでも、前に進みたい。どんなに時間がかかっても、42・195キロの地点に引かれたラインを越えたいという気持ちが強くなっていた。


ブドウ畑を一人黙々と走るのは本当に辛かった。孤独だった。苦しかった。走っても、走っても、永遠に42・195キロに辿り着かない気がした。やはり、私には完走する力がないのかと、弱気の虫に襲われもした。

炎天下を走りながら、辞めた会社でのやり取りを思い出していた。

人事部長の柳沢に呼び出され、人事部のフロアにある指定された会議室に向かった。ノックをして中に入ると、柳沢と人事担当役員の西條の二人が能面をつけたかのような無表情で座っていた。

一礼して二人の前に座ると、柳沢が突然切り出した。

「実は、社長がご立腹でしてねえ。小野寺さんには今月末で辞めてもらえって仰っているんですよね」

あまりに突然のことで、何を言われているのかわからなかった。

五十歳以上の社員を対象に退職勧奨をしていることはもちろん知っていた。同期の亀山千秋もえげつない言葉で追い詰められていた。でも、そんな彼らには屈せず、千秋は留まることを選んだ。

「ご立腹……？」

退職勧奨の理由が、「社長のご立腹」だということが私には理解できなかった。

「そうです。クライアントから小野寺さんに対する苦情があったとかで」

「苦情……ですか？」

私は聞き返した。

「苦情というか、君のやり方に不満があるようで……」

「やり方に不満？　今担当しているクライアントとのプロジェクトも成功し、新規事業も引き続きよろしくお願いしますと、つい先日、来年度に向け新たな提案をしてほしいと依頼されたばかりですが……」

現状を淡々と報告した。

「とにかく、会社の信用を傷つけたと社長がご立腹なんですよ」

柳沢は、キツい口調で「ご立腹」だと繰り返した。

「ご立腹、ご立腹と言われても、その理由がわからなければ……」

かすみは「ご立腹」の理由を聞き出そうとした。

「ま、それだけではありませんで。小野寺さんが女子トイレや階段の踊り場で、女性社員を扇動するようなことをしているとかで……、そのことにも社長がお怒りでして」

突然、話題が変わった。しかも「女子トイレ」が出てくるとは。

「あの……、今、女子トイレって仰いました？　私はいままで一度も女子トイレや踊り場で社長にお会いしたことありませんけど」

「ですから、というようなことを、誰かからお聞きになったとかで……」

これは、ドラマの一場面ではない。れっきとした会社のれっきとした会議室での会話なのだから呆れてしまう。

「誰かから……ですか？」

聞き返しながら、身体中の力が抜けていくのがわかった。

目の前にいる二人とまともな会話をすること自体、もはや不可能だと思った。

「それは、もうどうでもいいです。私は入社試験を受けてこの会社に入り、会社と雇用契約を結んでいます。社長と個人的な契約を結んでいるわけではありません。この会社は、経営トップがご立腹という理由で社員を辞めさせるんですか？　法律的にそれは許されることなんですか？」

かすみは柳沢と西條の目を見ながら、言うべきことだけをしっかり伝えた。

「私も、そんなことはできないって申し上げたんですがね。とにかく、一度言い出すと何を言っても聞かない方でしてね。小野寺さん、あなただけでないんですよ。何人かの社員が、社長の腹の虫がおさまらないという理由で辞めていったんですよ」

社長も社長なら、柳沢も柳沢だ。

人事部長が「辞めていったんですよ」と、まるで他人ごとのように口にすること自体世も末だ。

「辞めていったんですよって、まるで我関せず、他人ごとなんですね」

「私もサラリーマンですから。仕方ないというのか……」

出た！ ついに本音が出た。

「もし、私が社員就業規則を破るようなことをして、それに則って処分されるなら逃げも隠れもしません。社長がご立腹だからという理由で社員に退職を迫るということが全く理解ができないと申し上げているんです」

「困りましたねえ」

柳沢が西條に向かって同意を求める。

西條は、同意するともしないとも曖昧なまま視線を窓の外に逸らした。意志を持たないことで出世を果たした典型のような男が西條だった。組織にとっては、こういう男が一番いいのだろう。自分から動きだすこともなく、普段は何もせずにのらりくらりとしているのに、経営トップの指示だけはすごい勢いでやってのけるような。

私が何を聞いても決して言葉を発しない西條に業を煮やした柳沢が、仕方ないといった表情で話を続けた。

「私としては、小野寺さんには長い間会社に貢献してもらいましたから、辞めるときも気持ち良く辞めてもらえればと思っているんですけどねえ」

「気持ち良く辞める……？」

人は、怒りを通り越すと悲しくなるらしい。私の前に座る二人は、最後まで私の目を見ることなく、如何にも面倒臭そうに事を進めようとしていた。

このとき、私は四半世紀勤務した会社を辞める決心をする。

会社を辞めることより、好きだった仕事を手放すことが辛かった。

「辞めたら社長の思うつぼだ」と、千秋からも、ほかの同僚からも引き留められた。

「法的手段に訴えた方がいい」と弁護士の友人からアドバイスもされた。

でも、好きだった仕事や共に働いた同僚たちを嫌いになることだけは避けたかった。もちろん、強がりもいいところだ。世の中、きれいごとだけでは生きていけないことはわかっている。

ただ、私は、もうこれ以上この会社で働きたくなかった。

虫の居所ひとつで社員を辞めさせる経営トップと、経営トップの言いなりで社員を切って捨てる人事担当役員と人事部長が牛耳っている会社で。

何とかなる。私は自分を信じて辞める道を選んだ。

竜馬と別れてからの苦しい一人旅。35キロ地点を通過したころ、膝がキリキリと痛み出した。42・195キロに耐えられる脚ができていないのだから仕方ない。そして、ストレッチをしようが、マッサージをしようが、エアサロを吹きかけようが、膝の痛みは引かなかった。強い陽射しが容赦なく照りつけ、暑さで意識が朦朧《もうろう》とした。何度も脚が攣った。そのたびにコースの脇に倒れ込み、シューズを脱いでマッサージをした。

あと2キロ走れば、メドック・フルマラソン名物のフルコースが味わえるというのに心身共に限界が近づいていた。徐々に意識が遠のいていく。「リタイア」の文字が頭をかすめ、足が止まる。その瞬間、心が折れた。「――やっぱり私は負け犬なんだ」。悔しくて溢れ出した涙が頬を伝い、乾いた路面に黒いシミを作る。

そのときだった。

「アレー（がんばれ）！　ＫＡＳＵＭＩ」

どこからか私の名前を呼ぶ声がした。

もしかして、幻聴？

私は今、メドックにいる。ここには友だちも家族も知り合いもいない。私の名前を知っている人は誰もいない。ついに、限界を超えてしまったのか？　ヤバい状況に陥ってしまったのだろうか……。

「アレー！　ＫＡＳＵＭＩ」

やっぱり私の名前だった。

「もしかして……」

ゼッケンナンバーを見た。

「8629　KASUMI　ONODERA　Marathon du Medoc」とプリントされていた。

沿道の人たちが「アレー！　ＫＡＳＵＭＩ」と叫びながら、私に向かって手を振っている。声援に応えようと右手を握って高く掲げようとしたとき、汗と涙でドロドロになった頰に再び涙がこぼれた。汗をぬぐう振りをして涙を拭いた。

会社を辞め、将来への不安を抱えながら、誰にも泣き言を言えなかった。自分が思うよりずっと傷ついていながら、友だちにさえそれを打ち明けることができなかった。

「小野寺さんなら大丈夫だよ」

同僚から言われるたびに、傷ついた心がキリキリ痛んだ。

だから、不安や痛みを吹き飛ばしたくて、ここメドックにやってきた。

「ＫＡＳＵＭＩ！」

誰かから呼ばれたような気がした。

声がする方を見ると、大きなお皿を持ったおばあさんがにこにこ笑って立っていた。大皿の上には山盛りのカットメロン。おばあさんは、太陽のような笑顔で、「さあ、これを食べて元気を出して」と言っているようだった。

差し出されたメロンを口に放り込んだ。おばあさんの思いが身体中に沁みていく。孤独な闘いに疲れていた私の心におばあさんの笑顔が沁みた。

「メルシー」

お礼を言おうとしたら、また涙がこぼれた。

「もう少しだからがんばってね」

フランス語はわからない。でも、おばあさんの気持ちはしっかり受け取った。

東京マラソンのあの日。

高橋さんのデカい声に応えて走り抜けていったランナーたち。

高橋さんが差し出すエアサロを脚に吹きかけて再び走り出したランナーたち。

彼らの背中を思い出した。

キツいとき、苦しいとき、崖っぷちのとき、誰かの応援が踏ん張る力になることを、私はここメドックで、身を以て知った。


そして、ついに！

「メドック名物のフルコース」がはじまる37キロ地点に辿り着いた。前方にワゴン車が見えた。ランナーたちが列を作っている。

「やったー！　ついに前菜の生ハムだ」

どこかで聞いたことがある声がした。

振り向くと、そこに竜馬がいた。30キロ地点で休憩すると言っていた竜馬もリタイアせず、ここまで走ってきた。

ワゴン車に吊るされた大きな生ハムの塊《かたまり》を、その場でカットして一人一人にふるまう徹底ぶり。さすが、フランス。どんなときでも一切の妥協はしない。ほどよい塩気の生ハムとボルドーワイン。合わないはずがない。

「いやー、ここまで来た甲斐《かい》がありました」

竜馬の嬉しそうな顔が心を和ませる。もうダメだと何度も思いながら、ここまで走ってこられたのは、応援とワイン、そしてちょっぴり竜馬のおかげだった。

フィニッシュラインまで残り5キロ。すでに、スタートしてから六時間近くが経とうとしていた。制限時間は六時間半。制限時間内の完走は危うく、身体はすでにボロボロだった。でも、気分は上向いていた。

38キロ過ぎ、生牡蠣に合わせてはじめて冷えた白ワインが登場した。

これまで飲んだボルドーの赤ワインももちろんおいしかったけど、火照《ほて》った身体に染み渡る冷えた白ワインは、これまた格別だった。

「フランス産のワインのキリッとした味わいは、生牡蠣にぴったりですね」

竜馬が、通ぶって講釈をのたまってる。ビールのように超特級ワインをガブ飲みしてたくせに。

そして、ついに、ついに、39キロ過ぎではメインのステーキが待ち受けていた。前方から肉が焼ける香ばしい匂いが漂ってくる。

「早く、肉喰いたい」

痛む腰を押さえ、前のめりになりながらへっぴり腰で走っているくせに、食い気だけは衰えない竜馬が可笑しくて、膝の痛みに耐えながら走る私も救われた。

炭火焼のステーキにかぶりつく竜馬。私の後ろをヨロヨロ走っていたと思ったら、ちゃっかり私より早くお皿を受け取っている。

「やったー！　ついにメインに辿り着いたぞ」

「乾杯！　お疲れさま」

私もステーキにかぶりついた。そして、一緒に味わうコース最後の赤ワイン。

ワインを口にふくんだら、不覚にも涙がこぼれた。

「何、泣いてんだよ」

「だって、ここまで来られると思ってなかったんだもん」

竜馬の目も真っ赤だった。

「俺、ここで少し休んでいく」

「ただワインが飲みたいだけでしょ」

「ばれた？」

「わかりやすい」

「だよね」

「じゃあ、私は先に行く」

「おー。気をつけろよな」

「ありがとう。竜馬も」

何かの縁でボルドーのブドウ畑を一緒に走ってきた竜馬。もう二度と会うことはないだろう竜馬に別れを告げた。

応援もワインも、旅は道連れの仲間も大切だけど、やっぱり、最後は自分の脚を信じて走り続けなければ完走はできない。フルマラソンも人生も、それは同じだ。

残り3キロ、踏ん張って走るしかない。

しかし、それからが長いこと。なかなか40キロの表示が見えてこない。脚を引きずるようにやっとの思いで40キロを通過。「よしっ！　次は41キロ」と気合を入れ直したそのときだった。

「六時間半の制限時間」と書かれたビブスを身に着けたペースメーカーが、私を抜き去っていった。

あと2キロのところでペースメーカーに抜かれるとは、フルマラソンは最後まで何が起こるかわからない。あっという間に小さくなるペースメーカーの背中。彼らに追いつこうにも、もはやそんな体力はどこにも残っていなかった。

まさかの制限時間オーバー。

思うようにはならないのが人生であり、フルマラソンだと思い知った。

気持ちが折れそうになる。もうダメだ。立ち止まりたくなった。

「小野寺、がんばれ！」

高橋さんのデカい声がどこかから聞こえてきた。

「もうひと踏ん張り、最後まであきらめないで」

川内さんの声が聞こえてきた。

制限時間内に完走するという目標は断たれたけれど、完走する目標は断たれていない。速く走ることだけが人生ではない。立ち止まりたい気持ちを奮い立たせて前に進む。

「ナイスラン！　小野寺がんばれ！」

高橋さんと川内さんの声援が胸に響く。

そして、一歩、また一歩と前に進んだ。辛かった。キツかった。

一刻も早く42・195キロのラインを越えたかった。フィニッシュさえすれば、もう走らなくて済む。あと2キロ走れば、もう走らなくていいんだ。それだけを考えた。

1キロ、1メートル、10センチ。

フィニッシュラインまでの距離を縮めることだけに気持ちを集中させた。

41キロを通過したとき、ボランティアスタッフから何かを手渡された。

それは、何と、デザートのアイスクリーム！

さすがフランス。食も、マラソンも決して手抜きはしない。彼らの生き方の極意こそ、どんなときもあきらめず人生を楽しむことだった。フルコースの締めくくりに用意されていたアイスクリームが、豊かさを忘れずに生きる象徴のように感じられた。

そして、アイスクリームを舐《な》めながら走っていると……、視線の遥か遠くにフィニッシュゲートが見えた。

まもなく、長く苦しかった42・195キロが終わりを告げる。すでに六時間半の制限時間は過ぎている。フルマラソンは勢いで走れるほど甘くなかった。

ラスト300メートル。

（フィニッシュラインまでダッシュ！）

最後くらい恰好良く決めたいと思ったが、そんな余力はどこにも残っていなかった。

フィニッシュラインの100メートル手前で力尽きて倒れてしまうかもしれないと思うほど疲労困憊していた。膝はキリキリと痛み続けている。

スタートして六時間四十二分後、私はフラフラになりながら42・195キロ地点に引かれた一本の線を越えた。


何かが変わると思って走り続けてきた。

新たな扉が開かれると信じて走り続けてきた。

フィニッシュした瞬間、いままで味わったことがない特別な感情が湧いてくるはずだと期待していた。でも、その瞬間は、案外呆気ないものだった。

「二十四時間テレビ」のランナーを武道館で待つ人たちが歌う『サライ』の大合唱はどこからも聞こえてこなかった。

花吹雪も用意されていなかった。

当たり前だけど、現実はとんでもなく地味で淡々としていた。

ボランティアスタッフに誘導され、向かったテントで完走メダルとボルドーワインを受け取ると、「ボルドー市内行きのバスは間もなく出発しますので、駐車場に急いでください」と告げられた。

時計を見ると、今朝、ホテルからここまで乗車してきたバスの運転手に言われた出発時刻まで十五分を切っていた。バスに置いていかれたら、ここから一時間ほど離れているホテルまで自力で帰らなければならない。しかも、そんな現金は持ち合わせていない。

完走の余韻に浸っている場合ではない。その場に大の字になって寝転びたい気持ちを抑え、重たい脚を引きずって駐車場に急いだ。

駐車場までの距離が、朝よりずっと長く感じられた。

「遅いぞ」

声のする方を見ると、超特級ワインの情報をもたらしてくれた強者のユウコさんだった。

「ユウコさん！　おつかれさま。ユウコさんのおかげで何とか完走できました」

「私のおかげ？」

「超特級ワイン情報がなければリタイアしてたと思うから」

「花より団子。応援よりワインってことね」

「応援もすごくうれしかったけど」

ユウコさんから飲みかけのエビアンを手渡された。

ぬるいエビアンを飲んでいると、

「来年、サハラ砂漠のレースに出るつもりだけど、一緒にどう？」

「サハラ砂漠？　とんでもございません。謹《つつし》んでお断り申し上げます」

「じゃあ、また。気をつけて帰ってね」

「ありがとう。ユウコさんも気をつけて」

私は、ユウコさんとは別のバスでボルドー市内のホテルに戻った。

ユウコさんだけでなく、ランナー一人一人がまた次の目標に向かうのだろう。


バスに乗り込み座席に着くと、ほっとして気が抜けた。今朝、一緒にホテルを出発したランナーは一人も欠けることなく無事バスに戻ってきた。

みんなさっぱりした顔をしていた。

射し込む夕陽で茜《あかね》色に染まったバスの窓からはボルドーのブドウ畑が見える。

さっきまで、あんなに苦しい思いをして走っていたというのに、その風景がとてつもなく懐かしかった。さっきまで、あんなに苦しかったというのに、走り続けた時間が愛おしく感じられた。そして、またフルマラソンのスタートラインに立つ日のことを考えている自分に気付いて驚いた。

今度は、川内さんと、高橋さんと一緒に走りたい。

いつか、千秋や島崎さんと一緒に走りたい。

彼女たちと一緒に42・195キロを分かち合いたかった。

再び走りたい理由は、完走のよろこびでも、達成感でも、満足感でもなかった。苦しかった道中が、キツかったアップダウンが、沿道からの声援が私を次のスタートラインに導いていた。思うように走れなかった悔しさが、リベンジの機会を望んでいた。

(もしかして、私ってドM?)

バスに揺られるうちに、疲れ果てて爆睡していた。

ブドウ畑を膝の痛みに耐えながら走っている自分がいた。

どこからか大きな声が聞こえてきた。

「小野寺、がんばれ!」

「ナイスラン! 小野寺」

メドックの人たちの、「アレー! KASUMI」の声をかき消すほどのデカい声の主は高橋さんと川内さんだった。ふたりが大きな幟を持って立っていた。ふたりの声援が私の背中を押した。

「痛っ!」

バスがホテルに到着し、目が覚めた。

バスを降りるのも至難の業。

フルマラソンのあとは、上る動作より下る動作がキツいことをはじめて知った。酷使した膝の痛みは半端ではなかったが、気分はスッキリしていた。

部屋に戻ってシャワーを浴びると、ベッドに倒れ込んだ。川内さんにもらった氷嚢で膝を冷やしながら、しばらくホテルの部屋で天井を眺めていた。さっきまで炎天下を走り続けていたことが映画の一シーンのように感じられた。

「ジリリ……、ジリリリ……」

部屋の電話のベルで、目を覚ました。

ベッドに倒れ込んだまま、いつの間にか眠ってしまっていたようだった。

「もしもし。……、えっ、川内さん？」

電話は川内さんからだった。

「どうだった？」

「制限時間を十分ほどオーバーしたけど、何とか完走できた。今、川内さんにもらった氷嚢で脚を冷やしてるところ」

「よかった。完走、おめでとう！」

「ありがとう」

「帰ってきたら、ゆっくり話聞かせて」

「もちろん」

受話器を置いたあと、時差を考えて、この時間に電話をくれた川内さんの気持ちがボロボロの身体にじんわりと沁みた。

翌日のボルドー空港はロボット歩きのランナーで溢れていた。

ボルドーから、オランダのアムステルダム経由で日本に帰る。成田を発って、一人ここにやってきたのは三日前。世界中からやってきたランナーたちもそれぞれの国へ、それぞれの日常に戻っていく。

帰国後は再就職活動が待っている。三日間では何も変わらない。現実は厳しく、生きていくのは楽ではない。42・195キロ走り切ったからといって、簡単に道が拓けるわけではない。

初心者向けのマラソン指南書はこう結ばれていた。

「フルマラソンは35キロからはじまると言っても過言ではない。気持ちと身体の疲労が限界に達する35キロ過ぎ、止まりたい気持ちと闘いながら、いままで積み重ねてきた練習を信じて、自分を信じて走り続けるのがフルマラソンだ。あきらめずに走り続ければ、きっと完走できる。自分を信じて一歩一歩前に進め」と。

マラソンは、まるで人生のようだ。

私は、今、35キロの壁にぶつかっている。でも、いままで生きてきたことは無駄ではないはずだ。コツコツ働いてきた。必死に仕事をしてきた。この壁を越えていく底力はついているはずだ。だから、自分を信じて前に進もう。

ケ・セラ・セラ。なるようになる。

勢いでエントリーしたメドック・フルマラソン。

高をくくっていた42・195キロという距離の長さ。

キツかった。厳しかった。ヨレヨレになった。

でも、私は自分が思うより柔ではなかった。倒れそうになりながらも倒れなかった。歩くような速度ながら最後まで走り切ることができた。私には底力がある。そして、応援してくれている友だちがいる。

成田に着いて、携帯のスイッチを入れると、何通かのメールが入っていた。

千秋からは、「どうだった？　ワイン飲み過ぎて、走れなかったんじゃない？」と。

島崎さんからは、「お土産話、聞かせてください」と。

そして、高橋さんからのメールもあった。


《本文》　小野寺さん、完走おめでとう！　絶対完走できると信じてたよ。


早く、川内さんと高橋さんと一緒にビールが飲みたかった。

早く、高橋さんのデカい声が聞きたかった。


スーツケースと筋肉痛の足を引きずりながら家に辿り着くと、恩師から講演会の案内状が届いていた。ゼミの担当教授だった本田淳之介《ほんだじゅんのすけ》先生が、代表理事を務めるＮＧＯ「日本難民サポートセンター」主催のシンポジウムで基調講演をするというものだった。

日時は、明日の十三時から四ツ谷の上智大学。

何というタイミング。帰国日が一日でもずれていたら出席することはできなかった。

本田先生に会うのは三年ぶりだった。大学を退官し名誉教授となった後も、立場の弱い者に寄り添い、熱き眼差しを持ち続けていた。

「さまざまな理由で迫害を受け、命を守るために祖国を離れざるを得なかった難民たちが、アイデンティティを根こそぎにされるような状況下で生きていくことは簡単ではありません。彼らが尊厳を失わずに生きていくために、私たちは何をすべきか、何をしたらいいのかを考え続け、行動し続けなければいけないのです。あきらめずに」

本田先生は変わっていなかった。穏やかで、大らかで、熱く、真剣だった。以前にも増した圧倒的な存在感で聴く者に考え続けること、行動し続けることの大切さを伝えようとしていた。

「アイデンティティを根こそぎにされる……」

本田先生が静かに語る言葉が胸に突き刺さる。

生まれ育った母国で生きることができず、家族を残し、友人と離れ、仕事を失い、身体ひとつで着の身着のままで見知らぬ国にやってくる難民たち。どんな状況でも、人が人として尊厳を持って生きていくために何ができるか、何をすべきなのかを、本田先生は身を以て示していた。

何かが動き出す予感……。

講演後、本田先生にあいさつをし、会社を退職し再就職活動中だと伝えた。すると、「ちょっとこっちに来てください」と、NGOの事務局長の元へ案内された。

「川村さん、いい人がいるから紹介しますよ。こちら私のゼミ生だった小野寺さん。広告代理店でキャリアを積んだ人だから広報をやっていただいたらいいと思うんだけど、どうですか？」

「えっ、本当ですか？　あっ、はじめまして日本難民サポートセンターの川村です」

「はじめまして小野寺です。今、名刺を持っていないんですけど」

何のことやらわからず、キョトンとしている私の隣で、本田先生は穏やかな微笑みを浮かべながら言った。

「小野寺さん、このNGOで広報担当の職員を探しているんですけど、やってみませんか？　私は、あなたなら適任だと思うんですがねえ」

どうやら、先生は私をこのNGOの広報担当として推薦しているらしい。

「本田先生の推薦なら、こちらはぜひお願いしたいのですが、一度、事務所に来ていただけるとありがたいのですけど、いつがいいですか」

川村事務局長から突然、都合を聞かれた。

「えっ、たった今伺ったばかりですし、何のことだかよくわからないんですけど……。そもそも、私に難民支援の広報が務まるでしょうか？」

「もちろん務まります。務まるどころか適任ですよ。要は情熱とコミュニケーション能力。地味でたいへんな仕事ですけど、そうそう、お給料も安いけど、やりがいはあると思いますよ」

本田先生の明るい声が希望を感じさせた。

「もしよろしければ、事務所で詳細を説明させていただきたいのですが」

穏やかそうに見える川村事務局長も案外押しが強い。有無を言わせない感じで、スケジュール帳を取り出した。

「私は、いつでも伺えますが……、難民に関して何の知識もない私にできる仕事なんでしょうか？」

状況を少しずつ理解しはじめた私が、確認するように聞くと、

「私が太鼓判を押しますよ。この人は、仕事をしながらプロボノ（プロフェッショナルボランティア）としていろいろなＮＧＯやＮＰＯのニュースレターを書いたり、イベントの手伝いをしてきたんですよ。ゼミでも、弱者の人権に誰よりも真摯に取り組んで、いい論文を書いてくれました。難民に寄り添って、心からのエールを贈れる人はそうはいない。小野寺さん、あなたにぴったりじゃないですか。どうです、やってみませんか？」

私が、ときどきプロボノをしていることを本田先生はなぜ知っているのだろう。本田先生に話したことがあっただろうか……。不思議だった。

そんな私の戸惑いの様子を察したのだろう。本田先生が話を続けた。

「少し前になるけど、小野寺さんが書いたニュースレターを読んだことがあるんですよ。日本に定住した難民の子どもに関するレポートだったと思うけど、あたたかくて冷静で、すごくいい記事だなって感心して読んでいたら、（取材・文　小野寺かすみ）と署名があって。嬉しか

ったなあ、あのときは」

私自身、そんな記事を書いたことなどすっかり忘れていた。

知り合いに頼まれて書いたすごく小さなレポートを、本田先生が読んでいてくれたとは夢にも思っていなかった。ただ、そのとき、どこかで誰かがきちんと見てくれている、そんな実感が私の背中を静かに押した。

「先生にそんなこと言われるとその気になるじゃないですか。私にもできるような気がしてきました」

「できそうな気がするじゃなくて、できますよ」

物事がトントン拍子で進むとき、その勢いに乗らない手はない。

潮目が変わる予感がした。


川村事務局長の予定に合わせ、三日後の午後、履歴書を持って、四ツ谷にある「日本難民サポートセンター」の事務所を訪ね、仕事の概要と今後の勤務に関する説明を受けた。

要は、難民支援活動を世の中に広げる広報活動すべてを担う役割で、センターのウェブサイトの更新、小冊子やチラシなどの作成、シンポジウムやセミナーなどの企画・実施など多岐にわたっていた。パートタイムとして三ヵ月の見習い期間を経て、正職員に採用されるということだった。

世界各国から日本に逃れてきた難民に対応するため、英語はもちろん、フランス語などの日常会話ができると好ましいとの説明に、ちょっとビビりながらも、35キロの壁の前でもがいていた私は、新たな挑戦の舞台を与えられ武者震いがした。

本田先生に導かれて得た再挑戦の舞台。それを活かすも殺すも私次第。人生はつくづく面白いと思う。何がどう転がるのかは、誰にもわからない。

メドックから戻ってくる日が一日でもズレていたら、私は本田先生の講演会に参加することができなかったわけなのだから。

事務局長からの、「やることはいくらでもあるので、一日でも早く来てほしい」との要望に応えたくて週明けの月曜日から出勤することにした。事務所からの帰り道、書店で英会話とフランス語会話の教材を買った。

そして、帰宅するとすぐ千秋にメールで報告した。

すると、すぐ返信があった。

「やった！　おめでとう。かすみにピッタリだよ。アラフィフのルーキーって案外楽しいと思うよ。もちろん、過酷な状況の人たちに寄り添うのは想像以上に大変だと思うし、日本の難民制度や法務省の壁は相当なものだと思うけど、かすみなら大丈夫。健闘を祈る。そして、応援してます」

千秋が難民の置かれている状況や日本の難民行政についてきちんと把握していることに私は感心した。

月曜日に出勤すると、二ヵ月後に開催される「難民支援皇居ランニング」の打ち合わせが待っていた。十一月二十三日の勤労感謝の日、皇居で五百人規模のランニングイベントを実施し、その参加費の一部を難民支援に充てるのだと。

イベントの告知。関係各所への連絡やさまざまな手続き。当日の進行や役割分担など、やることはいくらでもあった。参加者だけでなく、ランナーをサポートするボランティアスタッフも集めなければならなかった。日常業務を覚えるだけで必死な上に、差し迫ったイベントの準備をしなければならない。初日から、ジェットコースターに乗って走り出したような勢いだった。

帰宅し、シャワーを浴びるとすぐ、ベッドに倒れ込んだ。

まるで、42・195キロを走った後のような疲れ。五分後には爆睡していた。

ジェットコースターな日々はそれからも続き、一ヵ月はあっという間、まさしく光陰矢のごとしだった。事務所には着の身着のままで逃れてきた難民からの命にかかわる電話が次々にかかってくる。さまざまな言語が飛び交うオフィス。やっても、やっても、仕事は終わることがなかった。

そんな、目が回るような忙しさと緊張感の何とも言えない心地良さ。身を粉《こ》にして働くことで得られる充実感。人にとって働くことは喰っていくこと、そして生きること。仕事は生業以外の何ものでもない。だから、人は必死に働くのだと改めて思った。

第5章

負け犬からのエール

十一月二十三日の「難民支援皇居ランニング」には、島崎さんと夫の雄太郎さん、そして、雄太郎さんの職場の仲間たち、川内さんと高橋さんがランナーとして参加してくれた。千秋はボランティアスタッフとして受付係を買って出てくれた。大樹君は、千秋と一緒に両親を応援する。

好天に恵まれた当日。皇居桜田門の広場には、ランナー五百人とボランティアスタッフ三十人、二人の医療ボランティアスタッフが集まった。

普段はモノトーンのスーツでビシッと決めている千秋が、オレンジ色の鮮やかなランニングキャップとシューズで颯爽《さっそう》と現れたのだから、驚いた。

「どうしたの？　いままで、千秋はそんな明るい色選ばなかったから驚いたわよ。でも、悪くない。すごく似合ってる」

「走るわけでもないのに、ランニングウェア一式買っちゃったんだ。勢いで」

千秋の声が軽やかだったので、私まで嬉しくなった。

走りはじめて九ヵ月、島崎さんは皇居二周約10キロを一時間ほどで走れるまでになっていた。高橋さんも東京マラソンの応援を機に走りはじめ、いまでは、マラソン歴三年の川内さんを脅かすほどになっていた。

日々の積み重ねが人を作る。

この後、高橋さん、川内さん、島崎さんの走りがそれを実証する。

千秋は受付係として本領発揮。こうしたイベントで大勢の参加者を差配させたら千秋の右に出る者はいない。

「仕事と家庭を両立して二十年。手際のよさは伊達じゃないわよ」

そう言って、千秋は胸を張った。

「伊達じゃないどころか、まさにプロフェッショナルよ」

私は、心からそう思った。


午前十時ちょうど、ランナーたちは号砲と同時にスタートした。

皇居を一周して、再びここ桜田門に戻ってくるランナーたちを、私は千秋や大樹君、ほかのスタッフたちと一緒に待つ。

午前十時二十分を過ぎると、一周目を走り終えたランナーが次々に戻ってくる。

十時二十五分、雄太郎さんが桜田門をくぐって戻ってきた。

「パパ、がんばれ！」

大樹君が雄太郎さんの姿を見つけ大声で叫ぶ。

大樹君に続き、私も雄太郎さんに声援を贈ろうとしたまさにそのとき、雄太郎さんのすぐ後ろを決闘でもするかのような必死の形相で追いかける女がいることに気がついた。

「ここは巌流島か！」

またまた突っ込みたくなるほどの真剣な表情の主は高橋さんだった。高橋さんは、雄太郎さん同様キロ五分ペースで走っていた。如何なるときも、この女《ひと》は手を抜くことがない。そしてその勢いが周りを巻き込んでいく。

「高橋夏子、がんばれ！」

千秋と私は大声で叫んだ。すると、高橋さんは「ありがとう！」とそれ以上のデカい声で応えて手を振り、さらにピッチを上げた。恐るべき底力。

雄太郎さんも、高橋さんに負けてはいられないとばかりにピッチを上げた。

「雄太郎さん、がんばって！」

私たちの応援にも力が入る。

そして、三分後には川内さん、四分後には島崎さんが戻ってきた。二人共キロ六分を切るペースで走ってきたことになる。

「ナイスラン！　川内さん」

「島崎さん、がんばれ！」

「ママ、がんばれ！」

大樹君の声援に、島崎さんが手を振って応える。

彼女たちは走ることを通して私を応援してくれている。ありがたさが身に沁みる。そして、大声で彼女たちに声援を贈る私自身が、誰よりも彼女たちから大きなパワーをもらっていた。

沿道からエールを贈ってくれたメドックの人たちを思い出した。

メドックの人たちの笑顔に励まされて走った42・195キロを思い出した。

走る人と応援する人が互いの存在に気付いたときに漲《みなぎ》る不思議な力。互いの思いに触れたその一瞬に湧いてくる大きな力。この日も、それを感じていた。

二周を走り終えたランナーたちが次々とゴールする。

その表情は晴れやかで清々《すがすが》しい。

そして、午前十時の号砲とともにスタートしたイベントは十一時四十五分に無事終了することができた。ランナーとして参加した彼女たちは、最後まで残りボランティアスタッフと一緒に片づけを手伝ってくれた。雄太郎さんは大樹君と一緒に本屋に寄ると言って、先に帰っていった。

怒濤《どとう》の二ヵ月を乗り切った安堵感と女友だちの存在を心強く思ったこの日、千秋、島崎さん、川内さん、高橋さんとファミレスで飲んだランチビールは、身体中に染み渡るようなおいしさだった。

「乾杯！　お疲れ様でした」

高橋さんのデカい声が店内に轟いた。

高橋さんと初対面の千秋と島崎さんは、高橋さんのデカい声に、一瞬圧倒されたような表情を見せたが、いつの間にか巻き込まれて大声で笑っていた。高橋さんのデカい声はいつも場を明るくする。

「東京マラソンの日、小野寺さんと一緒に応援していた女性の大きな声がすごく印象に残ってたんです。元気いいなあって」

島崎さんが言った。

「嘘ばっかり。うるさい奴だって思ったんでしょ」

高橋さんが突っ込む。

「前に、かすみが言ってたじゃない。東京マラソンの応援に行って、大きな声で『がんばれ！』って叫んでるうちに、自分の声が胸に響いたみたいなこと。私、今日それがわかったような気がした。桜田門で応援しているうちに、応援している自分がどんどん元気になっていくみたいな感じ、悪くないなあって。今度は、フルマラソンの応援をしたいって本気で思った」

千秋の言葉にみんなが頷いた。

「じゃあ、今度、大応援団を結成して、みんなで応援しましょうよ」

島崎さんが提案する。

「大会に参加する予定のある人？」

千秋が聞いた。

「はい！」

高橋さんと川内さんが揃って手を挙げた。

「いつ？　どこの大会？」

「来年一月二十五日の館山若潮マラソン。応援してもらうにはちょっと遠いのよね」

高橋さんが答えた。

「私、行きます」

島崎さんが即答した。みんな、びっくりして島崎さんの顔を見た。

「夫が走るんです。館山若潮マラソン」

「ホントに？」

驚いた高橋さんの声は、いつも以上に大きかった。

「夫が館山の出身で、自分が走っている姿をお義母《かあ》さんに見せたいからってエントリーしたみたいなんです。だから、前日に息子と夫と一緒に車で館山に行って、夫の実家に泊って、義母《はは》と息子の三人で応援するつもりでいるので、高橋さんと川内さんのことも、全力で応援します」

島崎さんは張り切っていた。

「館山って、南房総の……？」

千秋が確認する。

「はい、そうです」

島崎さんが答える。

「ウチの長男。毎週末、館山の藤原地区にある農家でインターンというのか見習い修業をしてるんだけど。一度、その農家にごあいさつに伺いたいって思ってたの。だから、私も、その応援に合流しようかな。ねえ、かすみも一緒に行かない」

「行く！」

私は反射的に答えていた。

「何だか、思わぬところで点と点がつながったっていう感じね。川内さんと高橋さんの応援もしたいし。そうと決まったら応援大作戦の計画練らなきゃ」

そう言いながら、私は自分の気持ちがどんどん上向いていくのがわかった。

「やったー！　こんな強力な応援団がいたら、サブ４狙わないわけにいかないよ。俄然《がぜん》、やる気になってきた。よーし、もう一度、乾杯！」

高橋さんの大声が店内に響き渡った。

「乾杯！」

高橋さんの大声にみんなが大声で応えた。


日本難民サポートセンターで働きはじめて三ヵ月が経った十二月二十日、川村事務局長から正職員として正式に採用するという辞令を受け取った。奇しくも、十二月二十日は四半世紀勤務した会社を退職した日と同じだった。

その週末、はじめてのランニングシューズを買った神保町にあるスポーツショップに向かった。自分への再就職祝いと景気づけに、二足目のランニングシューズを買おうと思ったからだった。

十ヵ月前と同じように、ショップの壁一面には色とりどりのランニングシューズがディスプレイされていた。この日、私が選んだシューズは飛びっきり明るいピンク色。思い切ってウェアの上下も購入した。日本難民サポートセンターに転職し、アラフィフのルーキーとして迎える新年一月一日を華やいだ気分で迎えたかった。だから、普段は決して身に着けないピンク色を選んだ。

新しいウェアを着て、新しいシューズを履いて「初走り」をし、新しい年をスタートしたいと思った。去年の今頃は、お正月どころではなかった。仕事を奪われた悔しさと、これからどう生きていったらいいのかわからない不安で心も身体も占領されていた。

あれから一年。

本田先生がつないでくれた新しい仕事と女友だちの存在が、私に新たな一歩を踏み出す力を与えてくれた。

七草も過ぎた一月十日の土曜日の午後。

千秋と私は豊洲にある島崎さん一家が住むマンションを訪ねた。館山出身の雄太郎さんのアドバイスを受けながら、館山若潮マラソンの応援計画を練るためだった。

雄太郎さんは、マラソンのコースマップとロードマップをプリントアウトし、そこに、実家の位置や千秋の長男康平君が修業をする農家の場所がわかるように印をつけ待っていてくれた。

私は、東京マラソンのとき高橋さんが作成したエクセルを館山若潮マラソン用にアレンジしたものを持参した。

これは、それぞれのラップを打ち込むと、各地点の通過タイムがわかる優れもの。雄太郎さんは1キロ五分三十秒ペースで走ってサブ4を狙う。川内さんと高橋さんは1キロ六分ペースで走り、四時間十三分以内でのフィニッシュを目標にしていた。

大樹君は、大人四人が地図と数字が並んだ用紙を見くらべながら、ああでもないこうでもないと盛り上がる様子に、「一体何がはじまるのか」と興味津々。

「パパがおばあちゃんのおウチの近くを走るとき、みんなで『がんばれ！』って応援するための作戦会議よ」

島崎さんが説明する。

「えー、さくせんかいぎ」

大人だって、作戦会議はワクワクする。

「あのね。おしょうがつに、おばあちゃんといっしょにうちわつくったんだよ。みっつ。そのうちわでパパをおうえんするんだ」

大樹君が千秋と私に報告するように言った。

「お正月に夫の実家に行ったとき、房州団扇職人の義母と、『雄太郎、がんばれ！』って書いた団扇を三枚作ったんですよ。義母と大樹と私の分」

島崎さんが、大樹君の話をフォローした。

「へえ、すごいね。きっと、パパがんばれると思うよ。大樹君が団扇を持って応援してくれたら」

「じゃあ、おばちゃんたちのぶんもつくってあげる」

「おばさんたちの分も作ってくれるの?」

「うん、おばあちゃんちにいけば、うちわたくさんあるから」

手土産の「根津《ねづ》のたいやき」を頰張りながら、大樹君は大人たちの作戦会議の一員として参加していることに満足気だった。

千秋の長男康平君が修業をしている農家は、マラソンコースの25キロ地点から数分のところにあった。しかも、マラソン当日は、朝採りのミニトマトと農家のおばあちゃん手作りの梅干を沿道に並べた私設のエイドを設置して応援する予定だということで、作戦会議はさらに盛り上がった。

脱線しがちな女三人のやりとりを雄太郎さんがさりげなく誘導し、何とか応援計画ができあがった。

ざっと説明すると、こんな感じ。

大会前日の土曜日、雄太郎さん、大樹君、島崎さんの三人は雄太郎さんの運転で館山へ。前日受け付けを済ませたらコースの下見がてら、雄太郎さんの実家から康平君が修業をする農家までの道順を島崎さんが頭に入れる。

当日の朝、川内さんと高橋さん、千秋と私の四人は臨時列車で館山へ。館山駅到着後、川内さんと高橋さんはスタート会場の市民運動場へ向かい、千秋と私はスタート地点から3キロほどのところにある「〝渚《なぎさ》の駅〟たてやま」近くの雄太郎さんの実家を目指す。

雄太郎さんのおかあさまのフミさんと大樹君と島崎さん、そして千秋と私の五人は応援計画に従って移動しながら応援する。

号砲は午前十時。

スタート直後は、どの大会同様、混雑して思うように走れないことが予想される。だから、3キロ地点にある「〝渚の駅〟たてやま」前を、雄太郎さん、川内さん、高橋さんの三人は午前十時十七分～二十分ごろ通過予定。三人を見送ったら、雄太郎さんの実家へ戻り、島崎さんの運転で康平君が修業する農家へ向かう。車での移動時間はおよそ三十分。

康平君たちが私設エイドを設置する25キロ地点は藤原の信号近く。そこで、朝採りのミニトマトと農家のおばあちゃん手作りの梅干を並べて応援する。

サブ4を目標にしている雄太郎さんは、25キロ地点を十二時十八分ごろ、川内さんと高橋さんは十二時三十分前後に通過予定。

25キロ地点を三人が通過したら、島崎さんの運転で雄太郎さんの実家に戻り、車を置いて徒歩で39キロ地点となる「〝渚の駅〟たてやま」前へ向かい、フィニッシュまで残り3キロのところで三人を待つ。

通過予定は、雄太郎さんが十三時三十五分、川内さんと高橋さんは十三時五十四分。三人が無事通過するのを見送ったら、そこで解散。島崎さんは雄太郎さんの実家に戻り、千秋と私は、川内さん高橋さんとたてやま夕日海岸ホテルで待ち合わせ。

でも、フルマラソンは何が起こるかわからない。予定通りに事が運ばないどころか、どんなアクシデントが待ち受けているかわからない。

それを知っている雄太郎さんが島崎さんに伝えていた。

「寒空の下、海風が吹き抜ける海岸道路でお袋をいつまでも待たせるわけにいかないから、万が一、十四時過ぎても来ないようなら、お袋を連れて先に家に帰っていてほしい」と。

当日まで二週間。

帰宅するとすぐ、テルテル坊主を三つ作った。

「館山若潮マラソンの当日天気にしておくれ」と祈りながら。

大会三日前の木曜日、千秋から腰が抜けるようなメールが飛び込んできた。

《本文》

ニュース速報！

柳沢も館山若潮マラソンに出場予定。

十一月のつくばマラソンが四時間一分だったとかで、

館山では必ず四時間切りを達成すると意気込んで、連日走り込んでいる模様。

柳沢がストレス解消のためにジョギングをはじめたことは聞いていたが、大会に出場し、サブ4を狙うまでになっていたとは驚いた。驚いたのは私だけではない。島崎さんもかなり驚いたのだろう。速攻で返信があった。

「えー！　柳沢も走るんですか。しかも、ほとんど夫と同じ目標タイムなんて」

「八千人も走るんだから、誰が誰だかわからないわよ。柳沢だって、私たちが応援しているのを知らないわけだから、気付かないと思うけど」

千秋が島崎さんのメールに返信する。

私はしばらく考えてから、二人にメールを送った。

《本文》　島崎さん、前日受け付けを済ませたら、パンフレットで柳沢のゼッケンナンバーを一応確認して連絡ください。

前日の夕方、島崎さんからメールが届いた。

《本文》　柳沢のゼッケンナンバーは『4588』です。本当にエントリーしてたんですね。では、明日雄太郎の実家でお待ちしております。

一月二十五日は絶好のマラソン日和となった。

曇りときどき晴れ。毎年ランナーを悩ませる海からの強風もなく、館山湾から富士山を望みながら気持ち良く走れそうな天候をテルテル坊主が叶えてくれた。

千秋と私は、東京駅で川内さんと高橋さんと待ち合わせをし、臨時列車に乗り込んだ。車内ではランナーたちが思い思いに食事を摂っている。何度もフルマラソン出場経験がある川内さんも、川内さんのアドバイスに従って朝食を用意してきた高橋さんも、スポーツドリンクを飲みながら、腹持ちのいいお赤飯のおにぎりを食べはじめた。

川内さんの説明によると、スタート時刻から逆算して、三時間前までに食事を摂るのが望ましいとか。なぜなら、レース後半でエネルギー切れを起こさないために、おにぎりやパンなどで糖質を補給することが大事なのだが、おにぎりやパンなどの固形物はすぐにはエネルギーにならず、消化に百二十〜百五十分を要するからだと。

さらには、スタート三十分くらい前までに、スポーツドリンクを数回に分けて五百ミリリットルほど補給しておくことも大切なのだと。なぜ、水やお茶ではなく、スポーツドリンクかというと、汗と一緒にミネラルが失われるので、低ナトリウム血症の予防のためにもミネラルを含むスポーツドリンクを摂っておく必要があるということだった。

なるほど。

私は、フルマラソンを走る人はこうした知識もしっかり得た上で本番に臨むのだと知り、その心構えと向き合う姿勢にいたく感心した。

それに引き替え、私ときたら。そんなことも知らずにメドックのフルマラソンに出場したのだから、それが如何に無謀なことだったのかと今更ながらに反省した。

館山駅に到着すると、川内さんと高橋さんはシャトルバスで会場へ。千秋と私は、歩いて十五分ほどのところにある雄太郎さんの実家へと向かう。

「3キロと25キロと39キロのところで、団扇を持って待ってるから。エアサロも用意してあるからね。がんばって」

二人に向かって手を振ると、

「やばい。すごくドキドキしてお腹が痛くなってきた」と、いつも元気な高橋さんがお腹を押さえている。ナーバスになっているのだろう。はじめてのフルマラソンのスタート時刻が迫っているのだから、緊張する高橋さんの気持ちはよくわかる。

「高橋さん、リラックス、リラックス。あんなに練習してきたんだから大丈夫だって。川内さんが一緒に走るんだし、私たちも全力で応援するから」

私は高橋さんに声を掛けた。

「そうだよね。大丈夫だよね。ありがとう」

高橋さんは、そう答えながら、川内さんと一緒にシャトルバスの乗り場へ向かった。

「おはようございます」

雄太郎さんの実家に到着し玄関から声を掛けると、大樹君が団扇を二枚持って飛び出してきた。昭和に建てられたと思われる古い木造住宅ながら、庭木の手入れが行き届き、玄関から続く廊下も艶光りしている。その清潔な佇《たたず》まいからは、実直な雄太郎さんの人柄がしのばれる。

「はい。これ、おばちゃんたちのぶんだよ」

「ありがとう。大樹君が作ってくれたの？」

「きのう、おばあちゃんといっしょにつくったんだ」

片面には「川内、がんばれ！」。もう片面には「高橋、がんばれ！」と書いてあった。

「川内さんも、高橋さんもよろこぶと思うよ。大樹君、本当にありがとうね」

「パパのぶんは、もうあるから。あとはおばちゃんたちのおともだちのぶん」

「ようこそお越しくださいました。どうぞ、どうぞ、散らかってますけど」

穏やかな声の主は雄太郎さんそっくりのおかあさまのフミさんだった。エプロンで手を拭きながら台所から出てきて、やさしい笑顔で迎えてくれた。その姿からは、ていねいな手仕事を生業としてきた人が持つ我慢強さと謙虚さ、飾らない豊かさが伝わってきた。

島崎さんが、「どうぞおあがりください。まだ、時間ありますから」と、私たちを茶の間に招き入れる。

「みて！　おばあちゃんがつくったんだよ」

茶の間のこたつの上には、行儀よく並んだおにぎりが詰まった重箱が置いてあった。

「うわー、すごい！　こんな美しいおにぎり見たことない。なんておいしそうなの」

千秋と私は重箱を覗き込んで、思わず唸った。

「おばあちゃんのおにぎりには、ぼくとパパのだいこうぶつがはいってるんだ」

大樹君が誇らしげに言った。

「だいこうぶつ？」

私が聞き返した。

「そうだよ。でも……、いまはひみつ」

「もしかして、食べるときのお楽しみってこと？」

「そう！」

「わー、早く食べたい」

私たちと大樹君のやりとりを聞いていた島崎さんが、

「25キロ地点で応援するとき、ちょうどお昼どきかなと思って。康平さんたちの分もと、二十個ほど作ったんですけど足りるかしら？」と説明する。

「康平たちの分までなんて、すみません。でも、フミさんのおにぎりを食べるの、すごく待ち遠しいです」

千秋がフミさんにお礼を言う。

「いいえ、まるで子どもたちが小さかったころの運動会みたいに楽しくて、つい張り切ってしまって」

フミさんは楽しそうだった。

応援する人がいる、応援したい人がいるってことは、実は何よりしあわせなことなのかもしれない。フミさんや大樹君の笑顔を見て、私は心からそう思った。

「ねえ、なんじごろいくの？」

大樹君が島崎さんに待ちきれないとばかりに何度も聞いている。

「十時スタートでしょ。この下の海岸道路を通るのは十時十分を過ぎる頃だと思うから、十時少し前になったら出発しましょうか」

島崎さんが答える。

私は、島崎さんと千秋に、三人プラス一人のゼッケンナンバーとウェアの色が書かれたメモを手渡す。

「雄太郎さん３６７５　上下ともサムライブルー。川内さん１３１５８　キャップとウェアともに紫色。高橋さん１４１２３　紺のキャップにスカイブルーのウェア。柳沢４５８８　ウェアの色は不明」

これで準備万端。後は、雄太郎さんと川内さんと高橋さんが、アクシデントなく完走してくれるのを祈るばかり。

午前十時十分前。大樹君に急かされて、フミさんと島崎さん、千秋と私の五人で編成された館山若潮マラソン応援団は最初の応援ポイント「〝渚の駅〟たてやま」前の海岸道路に向かっていざ出陣。手には、もちろん団扇。

歩き出すと、千秋がＺＡＲＤの『負けないで』を歌い出した。

「もう、やだ！　千秋ったら、『二十四時間テレビ』の観過ぎなんだから」

間髪入れず、私が突っ込んだ。

すると、「わかります。その歌を歌いたくなる気持ち」と、島崎さんも千秋に合わせて口ずさんだ。


午前十時ジャスト。

号砲を知らせる花火が鏡ケ浦（館山湾の別称）の上空に響き渡った。

この瞬間、ランナーたちはこれからはじまるレースへの決意を新たにする。それぞれの思いを胸に、42・195キロ先に引かれたフィニッシュラインを越えるためだけに走り続ける。そして、はじまりの瞬間はどんな人の気持ちも昂らせる。

雄太郎さんは、川内さんは、高橋さんは、どんな思いでこの日を迎え、どんな気持ちでスタートラインを飛び出したのだろう。

すでに、大樹君とフミさんは「雄太郎、がんばれ！」の団扇を手に、ランナーたちが走ってくる方向に身を乗り出して待ち構えている。

号砲から十分が経過すると、トップランナーが疾風のごとく走り抜けていった。

「がんばれ！」

沿道からの声援がランナーの背中を押す。

去年二月の東京マラソン。

はじめて沿道でトップランナーの走りを見たときのことが蘇ってきた。ランナーはとても美しかった。そして、走る姿を見ていたら熱いものが込みあげてきた。

「おばあちゃん、すっごくはやいね」

大樹君はすでにかなりの興奮気味。

「パパ、もうすぐかな?」

「ここに大樹やおばあちゃんがいるの、パパも知ってるから、きっとすぐわかるわよ」

島崎さんが確認するように答える。

海岸道路を埋め尽くす八千のランナーたちが切れ目なく続き、そのエネルギーが沿道の応援団に伝わってくる。

「パパだ」

大樹君が雄太郎さんを見つけた。

雄太郎さんが手を振りながら、もっとも応援団に近い道路の左端を走ってくるのが見えた。サッカー日本代表のサムライブルーのユニフォームで。

「パパ、がんばれ!」

「雄太郎さん、がんばれ!」

みんなの声援が重なる。

雄太郎さんは、「ありがとう、ありがとう」と言いながら、大樹君とフミさんにハイタッチをした。

「パパ、がんばれ!」

大樹君が飛びはねながら雄太郎さんの背中に向かって叫び続ける。

「雄太郎、しっかり」

フミさんが団扇を握りしめている。

沿道の二人は、この日見た父親の、そして息子の背中をきっと忘れることはないだろう。もちろん、島崎さんも夫の背中を。

二分後、並んで走る川内さんと高橋さんの姿が目に飛び込んできた。最高の笑顔だった。

「川内さーん、高橋さーん」

私は二人に向かって大きく団扇を振った。

「ありがとう」

「ありがとう」

二人が手を振って応える。

千秋も、島崎さんも、大樹君も、「川内さん、高橋さん、がんばって」と団扇を振りながら声援を贈る。

「川内、がんばれ!　高橋、がんばれ!」

笑顔で走り抜けていった二人の背中に向かって、私は精一杯の大声で叫んだ。

大勢のランナーの中に、柳沢の姿を見ることはなかった。

「じゃあ、一度、おばあちゃんのおウチへ戻って、車で25キロ地点へ移動します」

「了解」

千秋が答えた。

「りょうかい」

大樹君が千秋の真似をする。

雄太郎さんの実家に戻った私たちは、フミさんが握ってくれたおにぎりがぎっしり詰まった重箱を手に、千秋の長男康平君が修業する農家さんに向かって出発した。

「ねえ、ママ。パパは、ずーっと、はしってるの？」

「そうよ。昨日、車で走った海沿いの道をずっとずっと走ってるのよ。パパだけじゃなくて、川内さんも、高橋さんもみんな走ってるの。だから、がんばって応援しなきゃね」

「あんなとおいところまではしるなんて、みんなすごいね」

助手席に座った大樹君と島崎さんの会話を聞きながら、千秋は相変わらず『負けないで』を口ずさんでいる。

館山市民運動場をスタートしたランナーたちは、房総半島の内側の海沿いの道を西崎、洲崎とめぐり、白浜まで続くフラワーラインの途中にある南房パラダイス前の21キロの中間点まで、海を右手に走り続ける。

ただし、そこから先が館山若潮マラソン最大の難所。平砂浦《へいさうら》の裏側に位置する25キロから32キロまでは、何度もアップダウンが繰り返されるキツい山道が待ち受けている。

雄太郎さんの実家から康平君が修業している農家までは車で三十分ほど。

午前十一時十五分過ぎ、島崎さんが運転する車が農家に近づくと、道路に出て私たちの到着を待っていてくれた康平君の姿が見えた。

一帯には行儀よく並んだビニールハウスが暖かな光を浴びて広がっている。

敷地前に車を停め、降りていく私たち一人一人に、康平君が「いつも、お袋がお世話になってます。今日は、遠いところありがとうございます」とていねいに頭を下げた。

「千秋が心配するよりずっと、しっかりしてるじゃない」

「外面《そとづら》がいいだけよ。ホント調子いいんだから」

千秋も満更《まんざら》ではない様子だった。

農家の小谷《こたに》さんご夫婦は三十歳になったばかりだと聞いていたが、想像していたよりずっと若くておしゃれなカップルだった。二人とも康平君が通う大学の先輩で、それぞれが東京の会社に五年ほど勤務したのちに、父親の農家を継いで三年目ということだった。陽に焼けた笑顔が健康的で精悍《せいかん》で年齢よりずっと頼もしく感じられた。

雄太郎さんの25キロ地点通過予想時刻は十二時十八分。川内さんと高橋さんは十二時三十分。まだ、少し時間の余裕があったので、私たちはミニトマトやイチゴなどが栽培されているビニールハウスを案内してもらうことにした。

千秋は、「康平はお役に立っているのでしょうか？」と康平君の仕事ぶりを小谷さんご夫婦に聞きながら、「みなさんに迷惑をかけないように、しっかり働きなさいよ」と康平君のお尻をポンッと叩いた。

私たちは、小谷さん夫婦のご厚意に甘え、ミニトマトやイチゴを摘《つ》ませてもらった。いまさら言うまでもないが、新鮮さに勝《まさ》るものはない。

大樹君は一度にイチゴを三つも頬張って、島崎さんに注意されていた。

そして、私たちは摘んだばかりのミニトマトを抱え、それをつまみながら25キロ地点の私設エイドまで歩いて移動した。

康平君はすれ違う地元の人たちと気軽に言葉を交わしている。

「おばあちゃん、風邪《かぜ》の具合はどう？　寒いから気をつけて」

「ありがとう。だいぶ良くなったよ」

「この間もらったレモン、すごくおいしかったから、今度作り方教えてほしいんだけど」

「いつでも、遠慮なくいらっしゃい」

地元の人たちにすっかり馴染《なじ》んでいた。

いつの間にか、大樹君と康平君は手をつないで、「おにいちゃん」「大樹」と呼び合っている。家では見せない成長した息子の姿。千秋は前を歩く康平君の背中を眩しそうに見つめていた。

25キロ地点では、康平君の農業仲間の青年三人が、ミニトマトと梅干を並べたテーブルを前に、ランナーたちに声援を贈っている。

「ミニトマトあります。ミニトマトを食べてがんばってください」

「手作りの梅干もあります。塩分を補給してください」

康平君は、すぐに仲間と一緒に大きい声でランナーに声援を贈りはじめた。

ミニトマトや梅干をつまんだランナーたちは、「ごちそうさまです。ありがとうございます」とお礼を言って走り去っていく。

「どうぞ、おにぎりを召し上がってください」

おにぎりがギッシリ詰まった重箱を持った島崎さんが青年たちに声を掛ける。

「いただきます」とおにぎりにかぶりつくその食べっぷりの良さが何とも気持ちいい。

康平君と大樹君も、三人と一緒におにぎりにかぶりついた。

「超ウメー」

「ちょーうめー」

大樹君が青年たちの真似をし、「おいしい、でしょ」と島崎さんに注意された。

「お二人も、今のうちに召し上がってください」

フミさんにすすめられ、千秋と私もフミさんのおにぎりを頬張った。

「はい、おにぎりの中身がわかりました」

千秋が大樹君に向かって手を挙げた。

「はい、どうぞ」

大樹君が千秋を指す。

「あさりの佃煮《つくだに》」

「ピンポーン！　おおあたり」

大樹君の嬉しそうなこと。

コックリと煮込んだあさりの佃煮が入ったそのおにぎりは、いままで食べたどんなおにぎりよりおいしかった。

「このあさりの佃煮、義母のお手製なんです。家族みんなの大好物で、夫は今朝これを三つも食べて出陣していきました」

走る息子のために、息子の応援をしてくれる人たちのために、時間をかけてあさりを煮込んだフミさんの思いが詰まったおにぎり。あっという間に重箱が空になった。

「ねえママ、パパはあとどれくらいでくる？」

「十二時十八分が予想時刻だから、あと十五分くらいかしら」

25キロ地点まではアップダウンのない緩やかなコース。アクシデントがない限り、雄太郎さんは予想時刻に通過するだろう。でも、こればっかりは誰にもわからない。走っている本人にもわからない。

私たちは、雄太郎さんと高橋さん、川内さんが無事ここまで走ってきてくれることを願いながら待つことしかできない。そして、元気に走り去っていく三人を応援することしかできない。

十二時十分過ぎ。

「そろそろ、雄太郎さんが来る時刻です」

千秋が時計をチェックして、みんなに伝えた。

大樹君とフミさん、そして、島崎さんの順に「雄太郎、がんばれ！」と書かれた団扇を持って沿道に並んだ。そして、千秋と私は、片面に「川内、がんばれ！」、もう片面には「高橋、がんばれ！」と書かれた団扇を手にその隣に立つ。

みんな目を凝《こ》らしてランナーが走ってくる方向を見ている。

待つこと数分、大勢のランナーの中を、サムライブルーのウェアを着た雄太郎さんが走ってくるのが遠くに見えた。

予想時刻より二分早かった。

「雄太郎さんが来ました！」

千秋が叫んだ。

「パパだ！」

大樹君が雄太郎さんの姿を捉えると叫んだ。

「パパ、がんばれ！」

「雄太郎、しっかり」

「雄太郎さん。がんばれ！」

「パパ、がんばって！」

みんなの声が重なった。

「大丈夫？」

五人に近づいてきた雄太郎さんに島崎さんが声を掛ける。

「ありがとう。大丈夫。大樹、お袋、ありがとう」

大樹君にハイタッチし、康平君が差し出したミニトマトを受け取ると、雄太郎さんは、右手を握りしめ、高く掲げながら走り去っていった。

「39キロ地点で待ってるから。がんばって！」

島崎さんが雄太郎さんの背中に向かって大声で叫んだ。いままで聞いたことがないような大きな声だった。


雄太郎さんが通過した三分後のことだった。

「ねえ、かすみ。あの緑色のウェア、柳沢じゃない？　４５８８だよ」

千秋が一人のランナーを指さした。

「確かに４５８８。あの背格好は柳沢に間違いないわよ」

私は柳沢らしい男の姿を捉えて答えた。

「やっぱり、そうよね」

「千秋、どうする？」

「もう、こうなったら、柳沢だろうが誰だろうが応援するわよ」

千秋が言った。

「柳沢、がんばれ！」

私は、近づいてくる柳沢らしい男に向かって大声で叫んだ。

「柳沢、遅いぞ！　もっとがんばれ！」

千秋も、柳沢らしい男に向かって大声で叫んだ。

柳沢らしい男は、「もしかして俺のこと？」とでもいうような表情でキョロキョロと周りを見回すと、千秋に気付いたのか、ハトが豆鉄砲を食らったような表情になった。

島崎さん、千秋、私の順に並んだ私たち三人の前を柳沢が通過しようとしたそのとき、三人が一斉に大声で叫んだ。

「柳沢、がんばれ！」

柳沢は、幽霊でも見るような顔で私たちの顔を一瞥すると、固まった表情のまま走り去った。そして、ちらっと振り返った柳沢と私の目が合った。

「見た？　柳沢の顔」

「もちろん」

「まるで、幽霊が出たみたいな顔してたよね」

箸《はし》が転がっても可笑しい年齢はとっくのとうに過ぎているのに、私たちはしばらく笑いが止まらなかった。笑い転げる三人を、大樹君と康平君が不思議そうに眺めていた。

「さあ、今度は高橋さんと川内さんよ。十分後くらいかな？」

私は、二人の予想タイムを確認し時計を見た。

私は、誰よりも二人を応援したかった。

二人からは、「25キロ付近ではエアサロがほしくなると思う」と事前に聞いていたので、ジャケットの左右のポケットに入れてあったエアサロを二本取り出した。

「たかはしさんと、かわうちさんがきたよ」

大樹君がかなり遠くにいる二人を見つけた。

3キロ地点で二人を応援したとき、二人のウェアをしっかり記憶したらしい。子どもの視力と記憶力にはかなわない。

十二時二十八分、予定より二分早かった。

はじめてのフルマラソンだというのに、高橋さんは六分を若干切るペースを維持して走り続けている計算になる。高橋さんはどんなときも目の前のことに全力で挑む女だった。過去に、何度かフルマラソンに参加している川内さんはいつも通りのマイペース。どんなときもたいへんなことを淡々とやってのけた。

私たちに気付いた二人が笑顔になった。

私は、コースに身を乗り出すようにして両手に持ったエアサロを高く掲げた。

「高橋さん、川内さん、がんばれ！」

千秋が、大樹君とフミさんが作ってくれた団扇を振りながら大声で叫ぶ。

「がんばれ！　がんばれ！」

大樹君とフミさんも声援を贈る。

私は、近づいてきた二人にエアサロを渡した。

康平君が、「よかったらどうぞ」とミニトマトを差し出す。

「ありがとう。すっごくうれしい」

高橋さんがミニトマトを口に入れ、エアサロを膝と太腿に吹きかけた。

川内さんはエアサロをふくらはぎと膝に吹きかけながら、「これからの数キロはかなりキツいと思うけど、がんばるから」とまるで決意表明するかのように言った。

「よし、行こう」

高橋さんが気合を入れる。

「39キロ地点で待ってるから」

「ありがとう」

二人が、館山若潮マラソン最大の難所に向かって走りはじめた。

「高橋、がんばれ！　川内、がんばれ！」

私は、ふたりの背中に向かってこれ以上出ないほどの大声で叫んだ。何度も、何度も、二人の背中が視界から消えるまで叫び続けた。

「三人とプラス一名も無事通過したから、そろそろ行きましょうか？」

私がみんなに声を掛けた。

「みなさん、お世話になりました。ありがとうございます」

フミさんが、康平君たちにていねいに頭を下げている。

「おばあちゃんのおにぎり、超うまかったです。ごちそうさまでした」

康平君の仲間たちがフミさんにお礼を言う。空になった重箱を大事そうに抱えたフミさんの嬉しそうなこと。

「ちょっと足りなかったかしらね。来年はもっとたくさん作りますからね」

「はい、来年も楽しみにしてます。おいしいおにぎりごちそうさまでした」と、康平君がフミさんに伝えている。

そして、その様子を傍らで見ていた千秋が帰り際に康平君に聞いた。

「ねえ、今更だけど、何で農業をやりたいと思ったの？」と。

「俺が小学校の一年生くらいのときだったと思うけど、オヤジの知り合いとかいう南房総の農家で枇杷《びわ》の収穫を手伝わせてもらったことがあったじゃない」

「枇杷の収穫……？」

千秋が首を傾ける。

「もしかして忘れてる？　たくさんの実ひとつひとつに新聞紙で作った袋がかぶせられていて、その袋を破くと、中からはち切れそうに丸々と太った枇杷が顔を出してさあ。それがすっごくかわいくて、俺、愛おしいと思ったんだよね」

「愛おしい……？」

「そう。それで、その農家の縁側でとれたての枇杷にかぶりついたら、すっごく甘くて、瑞々《みずみず》しい果汁が滴《したた》り落ちてさあ、驚くほど旨《うま》かったんだよなあ」

「確かに、一度、そんなことがあったような気もするけど」

「しかもさあ、その農家のおじいさんが、『こんなにおいしそうに食べてもらって、ウチの枇杷はしあわせものだなあ』なんて嬉しそうで。俺、思ったんだ。このおじいさんは枇杷作りが本当に好きなんだろうなあって」

「そんなこと思ったんだ」

「あのとき、枇杷の種を不思議そうに眺めていた俺に、お袋が言ったんだよ」

「私が？　何て……？」

「この種を植えると、そこから芽が出て、それがこんなに大きな木になって、おいしい実が生るまで何年もかかるのよって。いつも、康平たちが食べてる果物は、みんな農家の人たちが一所懸命育ててくれたものなんだから、感謝して食べなきゃねって」

「えっ、私、そんなこと言った？」

「そのとき、俺も果物を種から育ててみたいって思ったんだ。農家ってすごいなあって」

「そうだったの……」

二人の会話を聞くともなしに聞いていた私は、「何なのよ。いい母と息子しちゃって」と、心の中で拍手を贈った。

「みなさん、不束者《ふつつかもの》ですが、康平のことくれぐれもよろしくお願いします」

康平君の仲間たちに向かって深々と頭を下げた千秋の目が潤《うる》んでいた。

「お袋こそ、みなさんに迷惑かけるなよ」

康平君は照れくさそうに言うと、テーブルに追加のミニトマトを並べはじめた。

車で移動中、千秋は来るときよりずっと大きな声でZARDの『負けないで』を歌っていた。まるで、その歌が康平君に届くことを願っているかのように。そして、そんな千秋につられた島崎さんと私の大合唱に合わせて大樹君とフミさんが団扇を振る。

こんな風に、私たち五人が車の中で盛り上がっていたころ、雄太郎さん、高橋さん、川内さん、そして柳沢の四人はそれぞれの思いを胸にアップダウンが続くキツい山道を走り続けていた。

39キロ地点の「〝渚の駅〟たてやま」通過予想時刻は、雄太郎さんが十三時三十五分。25キロ地点を予定より二分早く通過したので、もっと早くなる可能性もある。そして、柳沢がその三分後。川内さんと高橋さんは十三時五十四分ごろの予定だった。

この時刻に通過できれば、雄太郎さんと柳沢は目標のサブ4を、川内さんと高橋さんも四時間十三分切りを達成できる。

ただ、25キロ過ぎからの難所で苦戦をすれば、予想以上に時間がかかってしまう。

交通規制があり、途中で応援できないことが何とも歯がゆいが、それぞれのがんばりを信じて39キロ地点で待つしかなかった。

雄太郎さんは、アップダウンが繰り返される25キロからの難所を持ち前の粘り強さで走り抜いた。そして、そのまま島崎さんや大樹君、フミさんが待つ39キロ地点まで確実に歩を進めていけると信じていた。

しかし、海岸沿いの比較的平坦な道をペースを落とすことなく走り続けていた雄太郎さんをアクシデントが襲う。フルマラソンは甘くなかった。

大賀の通称海員学校（国立館山海上技術学校）を過ぎた頃だった。突然、左のふくらはぎが攣った。転がるように沿道に倒れ込み、シューズを脱いで思い切り足の指を反り返した。しかし、ふくらはぎの痙攣《けいれん》はなかなかおさまらない。必死にふくらはぎを擦った。「何とかおさまってくれ」と願いながら。

そして、痙攣がおさまると急いでシューズを履き、再び走りはじめた。ただ、脚に力が入らない。前に進みたい気持ちをあざ笑うかのように脚が重くなっていく。山道でも落ちなかったペースがガクッと落ちていた。

「また、攣るかもしれない」

爆弾を抱えているようだった。

そんな不安を振り払うように、何度も、何度も、「大丈夫だ」と自分に言い聞かせ前だけを見て走り続けた。必死の思いで走り続け、海上自衛隊館山航空基地正門前にある「残り４キロ」の表示を通過した。

予想より五分少々遅れていた。

「寒空の下、高齢のお袋をいつまでも待たせるわけにいかない」

39キロ地点で待つ家族を思い、気持ちを奮い立たせ、歯を食いしばった。

「パパ、がんばって！」

遠くから大樹君の声が聞こえてきた。

「最後まであきらめずに走る姿を息子に見せたい」

ペースを上げると、視線の先に五枚の団扇が飛び込んできた。


25キロ地点を予想より二分早く通過した川内さんと高橋さんだったが、次の上り坂を上り終えたところで、フルマラソン初参加の高橋さんを疲れが襲う。

「川内さん、ちょっとキツいから先に行って。必ず後から追いかけるから」

高橋さんが川内さんに伝えた。

川内さんもかなり脚が重かった。だから、「私もかなりキツいから先に行く余裕なんてない。少しペースを落とそう」と提案した。

その次の坂で、今度は川内さんの脚が悲鳴を上げた。

そして、「膝が痛み出したから私はゆっくり行く。高橋さん先に行って。痛みが治まったら追いつくから」と申し出た。

「私もいっぱいいっぱい。先に行く余裕なんてない」

高橋さんが答えた。

途中のエイドステーションでは、温かい麦茶が疲れた心を癒《いや》してくれた。

一人だったら歩いていたかもしれない。でも、歩かなかった。たとえゆっくりでも、二人は並んで走り続けた。走り続けることができたのは、一緒に前に向かう仲間の確かな存在があったからだった。

最後の上り坂を上り切った30キロ過ぎだった。

ひと口大のおにぎりを縁台に並べ、ランナーたちを迎える家族がいた。

おばあちゃんからお孫さんまで、一家総出で握ったと思われる小さなおにぎりの塩気が、キツかったアップダウンを走り切ったランナーを称えるように身体に染み渡っていく。

「安西」の表札に気づいた高橋さんは、安西さん一家の一人一人に「ありがとうございます、安西さん、ありがとうございます」と何度も御礼を言った。

ここまで、高橋さんは、川内さんの安定した走りに勇気づけられていた。川内さんは、沿道で応援する人たちに「ありがとう」と応える高橋さんの声に励まされていた。二人はお互いの存在を確かめながらアップダウンのキツい山道を走り抜いた。

そして、再び、海岸道路に戻ってくると、山道で力を使い果たしたランナーを次々に追い抜いた。

そこからがふたりの真骨頂。

フルマラソンの壁と言われる35キロを過ぎてもペースが落ちることはなかった。それどころではない。「残り4キロ」の表示が見えると高橋さんのペースが上がった。

さすが、高橋さん。彼女が土壇場で発揮する馬鹿力は底知れない。川内さんも負けてはいない。過去数回参加したフルマラソンの経験は伊達ではない。最後の最後までジリジリとペースを上げることができる。

「後4キロ、がんばろう！」

川内さんが気合を入れる。

「39キロ地点で、小野寺さんたちが待ってるからね」

高橋さんが自らを奮い立たせるように、それに応える。

しばらくすると、二人の視界の先に、団扇を振って「がんばれ！」と叫んでいる五人の姿が飛び込んできた。元気に走り続ける姿をみんなに見てほしくて、二人はさらにペースを上げ、腕を大きく振った。

「いっち、に。いっち、に」と声を掛け合いながら。


柳沢もスタートしてからずっと順調に走り続けていた。

つくばマラソンで果たせなかったサブ4を目標に走り込んできた甲斐あって、身体は軽かった。早春を思わせる南房総の陽射しを背にフラワーラインを気分良く快走した。

それなのに。突然アイツらが目の前に現れた。

25キロ地点で亀山千秋と小野寺かすみの姿を見たときは、一瞬、何が起こったのかわからず混乱した。二人の隣にいた女性にも見覚えがあったが、名前は思い出せなかった。三人の前を通過したとき、「柳沢、がんばれ!」とアイツらが一斉に叫んだ。その声がしばらく耳から離れなかった。

「チクショー! なぜ、アイツらは俺の気持ちを乱すんだ」

走りながら気持ちを整理しようと努めた。夢か幻だと思って忘れようとした。そして、走ることだけに気持ちを集中させた。

山道に入ると、何度か繰り返されるアップダウンにランナーたちが苦しめられている。でも、この日に合わせてひたすら走り込んできた柳沢にとっては想定内。「この程度のアップダウンに負けてたまるか」と歯を食いしばり、サブ4達成だけを考えて最後の上り坂を一気に上り切った。

そのときだった、右のくるぶしあたりに嫌な感覚を覚えた。

ギシギシというのか、ミシミシというのか、右のくるぶしの辺りが不吉な音を立てはじめた……ような気がした。でも、「気のせい、気のせい」と自らに言い聞かせながら走り続けた。

しばらくすると、今度は右膝が痛み出した。

「まさか、アイツらの祟《たた》り?」

そんなわけはない。

以前、整体で「右脚が左脚より長くて細いので、少し注意した方がいいですよ」と言われたことがあった。ここのところの根を詰めた走り込みで右脚への負担が限界に達していたのだろうか。それにしても、先週末までは絶好調だったというのに、よりによって、本番の今日それが出てくるとは運が悪過ぎる。

途中何度かストレッチをしたが痛みは引かなかった。何度かエアサロを吹きかけたが思うように脚が動かなかった。35キロ過ぎからは、痛みとの闘いだった。

「リタイア」の文字が何度も頭をよぎった。

でも、リタイアだけはしたくなかった。柳沢には柳沢の意地があった。

「どんな無様な姿でも完走してみせる」

柳沢にとって、途中でやめることとイコール敗者を意味していた。どんな手を使おうとも、途中でやめることだけはプライドにかけてできなかった。

「ずっと無様な姿を晒《さら》して生きてきたじゃないか、何を今更恐れているんだ」

膝の痛みに耐えながら歯を食いしばった。そして、ただ前に進むことだけを考えた。しかし、痛みは増すばかり、ペースがどんどん落ちていった。

「残り4キロ」の表示が目に飛び込んできたと同時に時計を確認した。

十三時四十五分。

予想時刻を大幅に過ぎていた。

「またしても、サブ4は夢と消えた」と思った瞬間、心が折れた。

「もうだめだ」

弱気が強気を上回ると、人は前に進めなくなる。

「なにくそー」

自らに言い聞かせ、立ち止まって息を整える。

やっとの思いで走りはじめたものの、歩いているのか走っているのかわからないほどペースは上がらない。

39キロの手前だった。

突然、誰かの声がした。

「柳沢、歩くな！」

声がする方を見ると、アイツらが大声で叫んでいた。

「何なんだよ。何で、いるんだよ。俺の無様な姿を見て笑いたいのか」

アイツらの前を通り過ぎるのが嫌だった。


雄太郎さんの実家に車を置くと、私たちは「〝渚の駅〟たてやま」前の海岸道路に急いだ。午前中も同じ場所で応援した。

スタート直後は、往路3キロ地点だった場所が、復路では39キロ地点となる。ここで、ランナーたちを見送ってから三時間あまりが経っていた。一人、また一人と通過していくランナーたちの表情からは朝の笑顔が消えている。

予想時刻の十三時三十五分になっても雄太郎さんの姿が見えない。

「何かあったのか？」

それぞれの胸に不安がよぎる。

島崎さんが何度も時計を確認する。

「パパ、だいじょうぶかなあ？」

周りの雰囲気から何かを察したのだろう。大樹君は、道路に身を乗り出すようにして父親の姿を必死に探す。その隣でフミさんは、祈るように両手を握りしめている。

ちなみに、同じくサブ4を目指している柳沢もまだやってこない。

「まだか、まだか」とランナーを待つ身に、一分はとてつもなく長く感じられる。一分、二分、三分と予想時刻が過ぎ、さらに、時は容赦なく進んでいく。なかなか雄太郎さんはやってこない。

不安な気持ちが辺りの空気を重くしはじめた頃。

「パパだ！　パパがきたよ」

大樹君の声が沿道に響いた。

みんなが一斉に雄太郎さんの姿を捉える。

十三時四十分。予想より五分遅かった。

「パパ、がんばって！」

「雄太郎さん、がんばれ！」

フミさんは、顔を歪めるようにして走る息子の顔を直視できず、ただ祈り続けている。私たちの前にやってきた雄太郎さんは、「サブ4ギリギリだから、このまま行く」とだけ言い残すと、意を決したようにペースを上げて走り去った。残り3・195キロ。確かに、サブ4ギリギリだった。

いつものようにハイタッチをしてもらえなかった大樹君にもわかっていた。普段は優しく穏やかな父親が必死の形相で走っている。最後まであきらめない父親の姿を胸に刻むように、小さな手で団扇をしっかりと握りしめている。

そして、雄太郎さんの背中に向かって「パパ、がんばれ！　パパ、がんばれ！」と何度も何度も声を振り絞っていた。

フミさんの目が真っ赤だった。

島崎さんの目も真っ赤だった。


十三時五十分。雄太郎さんに遅れること十分、予想時刻より四分早く川内さんと高橋さんがやってきた。

25キロ地点を二分早く通過したとはいえ、アップダウンが続く難所を物ともせず、五分五十一秒ペースで走り抜いてきたことになる。何たる底力。

二人とも表情は苦しそうだった。でも、脚はしっかりしていた。

今朝、電車の中で川内さんが言っていた。

「脚が前に進まなくなる35キロ過ぎは、腕を振って上半身で前に進むんだ」と。

二人はそれを実践するかのように大きく腕を振っている。

「高橋さん、川内さん、がんばって！」

叫びながら泣きそうになった。

「四時間十分切りも夢じゃないわよ」

二人に向かって叫ぶ千秋の声が震えていた。

残り3・195キロ。このままのペースでいけば、確かにそれも可能だった。そして、二人なら、やってくれるだろうと思った。

一秒も無駄にさせたくない。私は二人に併走しながらエアサロを手渡した。

二人はエアサロを受け取ると、そのままペースを落とすことなく走り去っていく。

「ありがとう！」

どんなにキツいときでも感謝の言葉を忘れずに前に進もうとする二人の姿勢が応援団の胸を熱くする。

走り去っていった二人の背中に向かって、島崎さんが叫ぶ。

「高橋さん、川内さん、がんばって！」

私も最後の力を振り絞るように全力で叫んだ。

「高橋、がんばれ！」

「川内、がんばれ！」

あとは、三人が無事フィニッシュラインを越えることを祈るだけだった。

「そう言えば、柳沢通過した？」

千秋の言葉に、島崎さんと私が首を横に振った。

「雄太郎さんより早く通過したとか？」

「でも、十三時二十分にはここにいたわけだし、スーパーマンじゃあるまいし、それより早く通過するのは不可能でしょ」

スタート直後と違って、大勢がひしめき合うように走ってくるわけではない。見逃すはずはなかった。

「途中でリタイアしたとか？」

島崎さんが言った。

「嫌な奴だけど、途中で止めるような奴じゃないと思う。あの執念深さは半端じゃない。私は必ず来ると思う」

千秋の言葉に、島崎さんと私は頷いた。

「私、もうしばらく待ってみる。島崎さんは大樹君やフミさんと先に帰って。風邪をひくといけないから」

「どうします？　お義母さん」

「じゃあ、そうしましょうか。お二人のおかげで本当に楽しい一日を過ごさせてもらいました。ありがとうございます。また、来年も来てくださいね」

「こちらこそお世話になりました。あさりの佃煮入りのおにぎりがあまりにおいしかったので、また来年も来たくなると思います」

そんなあいさつを交《か》わしているときだった。

脚を引きずるように近づいてくる柳沢の姿が視界の隅に飛び込んできた。歩いているのか走っているのかわからないほどのスローペース。柳沢の身に、何らかのアクシデントが起こっていることは、一目でわかった。

「柳沢だ！　ほら、あそこに」

私が指さす先を、島崎さんと千秋が見る。

大樹君とフミさんも、それにならうかのように柳沢を見た。

「かなり苦しそうだよ」

千秋が言うまでもなく、それは一目瞭然だった。

顔面蒼白、脚を引きずっている。

「柳沢、歩くな！」

近づいてくる柳沢に向かって千秋が叫んだ。

「柳沢、あきらめるな。最後までがんばれ！」

私も大声で叫んだ。

「柳沢、がんばれ！」

島崎さんも隣で叫んでいる。

大声で叫ぶ私たち三人の前を、柳沢が通過していく。

私たちの存在を無視するかのように、睨みつけるような形相でただ進む方向だけをしっかり見つめている。苦しそうな表情ながら、最後まで走ろうとしている意志だけは伝わってくる。

その必死さが私を動かした。

気がつくと、私は柳沢に併走していた。

「がんばれ！　柳沢。あきらめるな！　柳沢」と叫びながら。

千秋と島崎さんもすぐ後に続いた。

「柳沢！　あきらめるな」

千秋が大声で叫ぶ。

「柳沢、最後までがんばれ！」

島崎さんも叫んでいる。

意を決したように、柳沢がピッチを上げた。

柳沢の背中が小さくなっていく。

あらん限りの力を振り絞って私は思いの丈を伝えた。

「柳沢さーん、必ず、必ず完走してください」

柳沢が立ち止まり振り返った。

「ありがとう」

表情を緩めた柳沢の口元が、確かにそう動いた。

柳沢の視線の先には、両手を大きく振って叫ぶ私たち三人がいる。

千秋がティッシュで鼻をかんだ。

「いい一日でしたね」

そう言った島崎さんの目が潤んでいた。

私は黙って頷いた。


私は蹴飛ばしたいほど柳沢が嫌いだ。

人を人とも思わないやり方で切り捨てる奴を許すことはできない。柳沢に傷つけられ、柳沢に仕事を奪われた大勢の人に代わって成敗したいと思っている。

でも、今、目の前を走り続ける柳沢には敬意を表する。

42・195キロ走り続けることは容易ではない。

42・195キロ地点に引かれた一本の線を越えるためだけに努力し続けた日々がランナー一人一人にある。

たとえ、どんなにトレーニングを積んできたとしても、大会当日、何が起こるかは誰にもわからない。最高のコンディションでその日を迎えられたからと言って、走り切れるとは限らない。努力が報われる保証はどこにもない。

でも、ランナーは知っている。

それがフルマラソンだと。

柳沢も、目標を達成するために今日までコツコツ練習を積み重ねてきた。でも、アクシデントに襲われた。そして、思い通りに走れない自分と対峙《たいじ》しながらここまで辿り着いた。リタイアすることだってできる。でも、柳沢は完走しようと心に決めて走り続けている。どんな無様な姿を晒そうが、フィニッシュラインを越えるまで柳沢は走り続けるだろう。

だから、私は柳沢にエールを贈る。

何が何でも完走してほしいと、心から願う。

人生は思い通りにいかないことだらけ。恰好悪いことの連続だ。長く生きていれば、そんなことは百も承知だ。恰好悪くてもいい。脚を引きずりながら、ボロボロになりながら、何度も折れそうになる心を奮い立たせてフィニッシュラインを目指して走り続ける。

なぜ、ランナーは走り続けるのか。

走り続ければ必ずフィニッシュラインを越えることができるからだ。

大樹君とフミさんと一緒に雄太郎さんの実家に向かって歩いていた島崎さんに、メールが届いた。


《本文》　三時間五十八分で完走しました。

　お袋と大樹にも、『応援ありがとう』と伝えてください。


《本文》　完走おめでとう。サブ４おめでとう。

家族みんなにとって忘れられない一日になりました。
パパ、すっごく恰好良かったわよ。

島崎さんは、すぐに返信した。

千秋と一緒にたてやま夕日海岸ホテルへ向かって海岸沿いの道を歩く私の元に、高橋さんからメールが届いた。

《本文》たった今、川内さんと並んでフィニッシュしました。
みんなの応援、すごく嬉しかった。ありがとう。
早くビールが飲みたい。

すぐに返信した。

《本文》完走おめでとう。
高橋さんと川内さんの走る姿に惚《ほ》れそうになりました。なんて……。
私も、早くビールが飲みたい。

　そのころ、柳沢もフィニッシュライン直前のところまで迫っていた。

　限界に達する膝の痛みに耐えながら走る柳沢には、「柳沢さん、必ず完走してください」と叫ぶ小野寺かすみの声がリフレインのように聞こえていた。

「チクショー！　何で俺はアイツらに応援されてるんだよ」

　足を引きずりながら走り切った柳沢の視界の先にフィニッシュゲートがあった。

「柳沢、おつかれさま」

　フィニッシュラインを越えた瞬間、後ろから二人の声が聞こえたような気がして振り返った。フィニッシュゲート手前で完走したランナーを称える応援の人たちの顔が込みあげるもので霞《かす》んでいた。


　高橋さんと川内さんがたてやま夕日海岸ホテルの大浴場で汗を流している間、千秋と私はコンビニで買った缶ビール片手に砂浜で海を眺めていた。

　遠くに見える富士山が徐々に茜色に変わり、鏡ケ浦に打ち寄せるさざ波がランナー一人一人の健闘を称えるかのようにキラキラと輝いている。

「ねえ、かすみ。あなた、柳沢を許せる？」

　千秋に訊かれた。

「一生、許せないわよ」

　私は即答した。

「そうよね」

千秋が頷いた。

真冬の海岸で飲むビールが渇いた喉を潤していく。

「でも、もう柳沢のことなんてどうでもいいの。私、ランナーを応援してて思ったんだ。一人一人に走る理由や目標があって、それぞれがその目標に向かって走り続けているから応援したくなるんだって。私は私自身が決めた目標に向かって走り続ければそれでいいんだって」

「そうね。かすみも私も柳沢ごときに翻弄されるほど柔じゃないしね」

千秋が力強く言うと、残っていたビールを一気に飲み干した。

「それに、柳沢を恨んでも、やり返しても、怒りが増すだけで何も生まれないし。私には柳沢にはないものがあるってわかったから」

「柳沢にないもの？」

「千秋を団長とする最強の応援団！」

「確かに、お互い最強の応援団長かも」

「でしょ」

潮風に吹かれながら私は思った。

人生は走り続けなければわからないことだらけだと。

だから、人は走り続けるのだと。

「お待たせ！」

デカい声に振り向くと、たてやま夕日海岸ホテルの前で高橋さんと川内さんがキラキラ輝く夕陽を全身で浴びながら手を振っていた。

この作品は、iOS向けアプリ「小説マガジンエイジ」（編集・株式会社講談社、配信・株式会社エブリスタ）で、2015年7月から2016年1月まで連載したもの（連載時のタイトルは『負け犬の42.195キロ』）に加筆し改稿したものです。

こかじ さら

千葉県生まれ。中央大学専門職大学院国際会計研究科修士課程修了。出版社勤務を経て2010年よりフリーライターに。別名で執筆、編集に関わった著書は多数。本作品がデビュー作となる。

アレー！　行《い》け、ニッポンの女《おんな》たち

2016年2月15日　第1刷発行

著者……………………………こかじ さら

発行者…………………………鈴木 哲

発行所…………………………株式会社 講談社

〒112-8001
東京都文京区音羽 2-12-21
電話　編集（03）5395-4519
　　　販売（03）5395-3606
　　　業務（03）5395-3615

印刷所…………………………大日本印刷株式会社

製本所…………………………株式会社国宝社

ISBN978-4-06-219937-7